森家の討ち入り

Morota Reiko
諸田玲子

講談社

目次

装幀――川上成夫＋川﨑稔子
装画――永井秀樹

森家の討ち入り

長直の饅頭

一

鰹節《かつおぶし》と昆布で出汁《だし》をとった雑煮《ぞうに》から、馥郁《ふくいく》とした香りが立ちのぼっている。

片手で舞鶴《まいづる》の家紋入り黒漆《くろうるし》の椀をかかげ、同じく漆塗りの箸《はし》で餅《もち》を取り上げようとした長直《ながなお》は、ふと手を止め、いぶかしげな顔をした。

「なにか、粗相がございましたかッ」

相伴にあずかっていた家老の可児又右衛門《かにまたえもん》が顔色を変えた。当主の微細な変化も見逃さないのは忠臣の面目躍如《めんもくやくじょ》……というより、又右衛門には、人一倍、神経質にならざるをえないわけがある。

長直は備中国西江原森家《びっちゅうのくににしえばらもり》二万石の当主で、この正月に三十二歳になった。宗家の津山《つやま》森家十八万六千五百石の二代長継《ながつぐ》の八男に生まれた長直が西江原森家の当主となったのは、三代と四代の反目や、四代の早世、つづく養嗣子《ようしし》の尋常ならざる廃嫡《はいちゃく》とそれにともなうお家お取り潰し……等々、宗家を襲った相次ぐ不幸の結果である。かろうじて由緒ある森家の名跡だけは維持できたものの、不幸の連鎖を目の当たりにしてきた古参の臣が、すわ、またなにか……と青くなるのは無理もない。

長直は又右衛門の問いかけには答えず、

「……四角い」

と、放心したようにつぶやいた。不満や文句を口にしたわけではなく、おもわずもれてしまったといったふう。

又右衛門ははじめ、何をいわれたかわからぬようだった。首を伸ばして椀をのぞき、ようやく安堵したようにうなずいた。

「奥方さまのお国元より賜《たまわ》りました餅にございます」

「餅も、買えぬのか」

「いえいえ、さようなことは断じてございませぬ」

小国といえども大名家である。当主の正月の餅に事欠くなどありえないが、当主自身の口からそんな言葉が飛びだすほど、森家はここ数年、財政難にあえいでいた。

「お気に召さぬと仰せなれば、明日は丸餅にいたすよう、伝えておきまする」

「いや、よい。味は変わらぬ」

長直は雑煮を食べた。汁も澄ましで似たり寄ったり、中の具も人参や長ネギ、青菜などほとんど同じ、それなのに、幼いころから食べなれた丸い餅のやさしさが長直は恋しかった。四角く等分に切り分けられた伸《の》し餅では箸が進まない。

　奥方のお紋《もん》は信州《しんしゅう》飯田《いいだ》城主、堀大和守《ほりやまとのかみ》の妹である。五年前、長直が森家の家督を継いだとき、幕命《ばくめい》によって輿《こし》入れした。津山の餅は丸いが信州の餅は四角い。

「殿。国元からの年賀の中におひとつ、かようなものが混じっておりました」

　小書院へ座を移したところで、又右衛門はふところから文を取り出した。元旦の儀礼をこなし、お紋とかたちばかりの祝膳をすませたあと、長直は雑煮の前にひととおり年賀に目をとおしている。

「なぜ早《はよ》う見せぬ？」

「式部《しきぶ》さまからにございましたゆえ、余人がおらぬほうがよろしいかと」

　式部とは式部衆利《あつとし》、長直の末の弟で、この六年間、国元の西江原にて謹慎の身となっていた。実際、式部ほど、数奇な半生をたどった者はいない。

　末っ子の十二男だったため、一族関《せき》家の養嗣子となった。長じて津山森家の家老となり、一時期は江戸《えど》郊外中野《なかの》村の御囲《おかこい》（十数万坪にも及ぶ御犬小屋）築造に総奉行として携《たずさ》わった。その後、当主であった甥《おい》の死去にともなって宗家の養嗣子になったものの、家督を継ぐべく江戸へ向かう途中で発病、津山森家は改易、津山城明け渡しという悲劇の元凶になってしまった。

　津山森家の悲劇は、真実、式部の急病によるものだったのか。いや、そればかりではない……

と、長直は考えている。

「珍しいの、弟が文をよこすとは」

謹慎とはいえ罪人ではない。入牢しているわけではないし、文も自由に書けるのだが、式部はめったに文をよこさなかった。悲劇から六年が経ってもなお、公儀の目を警戒しているのか、騒動の真相を話そうとしない。生来口が重く、心身共にひ弱なところのある弟は、自分の殻に閉じこもっているほうが心地よいらしい。

「なんと仰せにございますか」

読み終わっても目を上げずにいると、又右衛門が大ぶりの鼻をよせてきた。

長直は又右衛門の鼻を見返した。

「赤穂《あこう》の、ご浪士方のことだ」

「は？　はぁ……ご浪士方の……」

備中で謹慎している式部が赤穂浪士といったいどんなかかわりがあるのか。又右衛門は首をかしげている。

去る師走《しわす》十四日、赤穂浅野《あさの》家の旧臣、大石内蔵助《おおいしくらのすけ》以下四十七人の浪士が本所《ほんじょ》の吉良《きら》邸へ討ち入り、上野介《こうずけのすけ》の首級を挙げて主君である浅野内匠頭《たくみのかみ》の遺恨を晴らした。四十七士は泉岳寺《せんがくじ》の内匠頭の墓に首級を供えたあと、神妙に縛につき、目下、四家の大名家に身柄を預けられて、幕府の沙汰を待っている。

巷《ちまた》はこの話でもちきりだった。江戸庶民の大半は浪士たちの義挙に快哉《かいさい》を叫び、人気は高まる一方。いかなる沙汰が下るかと、だれもが固唾を呑んで見守っている。

「国元でも噂がひろまっておりますので？」

「むろん、あれだけの騒ぎよ。当家とて国家老にとうに知らせたではないか」

「はぁ。して、式部さまはなんと」

「四十七士の中に森家の旧臣がおるらしい、その者らのことを詳しゅう知りたい、調べてもらえぬかといってきた」

又右衛門はしゃっくりをした。同時に両手を泳がせたのは、ただおどろいただけでなく、禍《わざわい》に怯《おび》え、とっさにふりはらおうとしたのだろう。

「まさか、さようなことが……だといたしましても、無用な詮索はなさらぬほうがよろしゅうございます」

「しかし、かつては当家の家臣だったにせよ、そのあと赤穂浅野家へ仕官したのだ。当家がお咎《とが》めをうけることはあるまい」

「さようにはございますが、今さら藪《やぶ》をつつかぬほうがよろしいかと……。ご処分もいまだ下されてはおりませんし、君子危うきに近寄らず、かかわらぬに越したことは……」

もとより血色の悪い顔を粗悪な藁《わら》紙のような色にしていう又右衛門の気持ちは、長直もわからないではなかった。童《わらべ》でも牛馬でも、一度怖い目にあわされたものには二度と近づかない。それだけ森家が恐ろしい目にあい、完膚なきまでに叩き潰されたということで——。

「そのほうの言い分はわかる。が、事実は事実だ。どのみち知れることではないか」

「さようにおっしゃられれば……はい、そのとおりで。さればおうかがいいたします。当家の家臣であったというのは、なんという者にございましょうや」

「神崎与五郎《かんざきよごろう》」

又右衛門は「あッ」と声をもらした。

「江戸者ゆえそなたも存じておろう。余も昔……長屋住まいであったころ話をしたことがある。子らもよう……」

長直はいいかけてやめた。その顔に苦渋の色が浮かんでいる。

二万石の大名になるまで、長直は津山森家の江戸屋敷の長屋で家臣たちと同様の暮らしをしていた。生母の身分が低かったこともあったが、名のある家の養子になるより、家臣の娘で相思相愛の仲になったお道《みち》と添い遂げるほうをえらんだためである。お道とのあいだに三女を生《な》して――一女は夭折してしまったが――長直はよき夫、よき父である自分に満足していた。

ところが、津山森家は改易の悲劇にみまわれた。執念の懇願で森家の名跡を遺すことに成功し、自らが西江原二万石の祖となった老父から、「もはやおまえしかおらぬ、家督を継いでくれ」と頭を下げられた長直は、悩み抜いた末に承諾した。しなければまたもや改易になるかもしれない。他にどうすることができたろう。

「あなたさまはご家中の者たちを再び苦しめるおつもりですか」

肝心のお道も、拒否するなどとんでもないといいはった。しかも正室として迎えられるお紋さまに申しわけが立たないからと離縁を申し出て、子供たちともども下屋敷の長屋へ移ってしまった。

「二度と、こちらへは、おいでになられませぬように」

糟糠《そうこう》の妻、愛しい子供たちと別れて、長直は寂しい日々を送っている。武士、それも大名ともあろう者が、寂しいなどといえば笑われる。大の男が離縁した妻子への未練など口にできようか。もちろん人前では泰然自若《たいぜんじじゃく》としていた。そうはいっても——。

そもそもお紋との婚姻は将軍家の下命である。お紋は森家にとって、将軍であり公儀であり、「お上」そのものだった。長直はお紋になじめない。

古参の臣なら主君の思いに気づいていたはずだ。が、又右衛門は長直がいいよどんだことには気づかぬふりをして、先をつづけた。

「神崎与五郎なれば、それがしも存じております。中野の御囲築造の際、共に働きましてございます」

「そうか。そうであったの。そのほうの働き、弟から聞いている。さすれば今一人、横川勘平《よこがわかんぺい》なる者も存じておろう」

「横川……横川勘左衛門《かんざえもん》なれば目黒《めぐろ》の下屋敷に……おう、そうか、勘平にございました。弟の勘左衛門が家を継ぎ、兄の勘平は庶子ゆえ、御囲築造に志願して……」

「その横川だ」

「では、横川勘平も浪士がたの中に」

「さよう。あと一人、ここには茅野和助《かやのわすけ》と記してある。この者はもとより弟の家臣であったそうでの、津山の者ゆえ、そのほうは知らぬやもしれぬが……」

「いいえ、存じております。式部さまに従《したご》うて江戸へ参った者の中に茅野和助もおりました。たしか普請を終えて津山へ帰ったと……」

「ふむ。三人ともそのほうの顔見知りであったか」

「それより三人も、赤穂の義挙に、加わっておったのでございますか」

主従は顔を見合わせた。

赤穂四十七士の中に、他家から移ってきた者がいたとしてもふしぎはない。とはいえ、五万石の大名家なら夥《おびただ》しい家臣がいたはずで、その中のわずか四十七人が己の命を棄《す》てて主君の仇《かたき》を討つたのである。主家や主君によほど思い入れのある古参、長年の恩義に報いたいと逸《はや》る強者《つわもの》ぞろいと考えるのがふつうだろう。

それなのに、神崎与五郎、横川勘平、茅野和助の三人は、赤穂浅野家ではいずれも新参者だった。三人とも津山森家がお取り潰しになったのちに浅野家へ仕官している。共通点はそれだけではない。三人は、少なくとも、元禄《げんろく》八年の十月から総奉行・式部衆利の下で江戸郊外中野村の御囲築造に従事していた……。

「弟の文がなければ気づかぬところだった」

長直がいうと、又右衛門もうなずいた。

「仕官の際にご浪士のどなたかに格別目をかけられてその恩義に報いとうなったとか、婿《むこ》に入った先がご浪士の先鋒で加わらざるをえなくなったとか、ま、ご事情はそれぞれといたしましても、これは、たしかに、珍事にございますな」

「弟が知りたがるのももっともだ」

「はぁ。さように仰せられれば、それがしも、なにやら気になって参りました」

式部は、よりによって自分の下で御囲築造に携わった三人が赤穂浅野家の義挙に加わったことにおどろき、居ても立ってもいられなくなったのだろう。おそらく式部自身の中になにかおもうところがあって、三人にかこつけてそれをたしかめたいのかもしれない。

長直はそう確信した。なぜなら、自分も弟と同じことをおもっているからだ。

三人に会って、なぜ義挙に加わったのか、心の内を聞いてみたい。もしや、津山森家の騒動が、赤穂の悲憤という風にあおられて埋火《うずみび》のように燃えひろがったのではないか。

もちろん、叶わぬことは承知していた。三人は罪人で、いつ命を絶たれるか、予断は許されない。

「又右衛門。三人がいずこの屋敷で、いかなる扱いをうけておるか、探る手だてはないものか」

「さぁ……お預かりの大名家はすぐにもわかりましょうが、屋敷内でのお暮らしぶりとなりますと……。いえ、よろしゅうございます、この耄碌《もうろく》しかけた頭をぶっ叩いて、なんぞ手がかりをえる方策をひねりだしてみせまする」

鼻をひくつかせる古参の臣をなおのこと奮い立たせる言葉を、長直はおもいついた。

「たのむぞ、又右衛門。当家の改易がなければ、今ごろはわが家臣として励んでおったやもしれぬ者たちだ。何もしてやれなんだとしても、その心だけはうけとめてやりたい」

「くくく……殿のお胸の内、この又右衛門、ようようわかりましてございます。それがしもできるかぎりのことはいたす所存にて……」

長直は、弟、式部衆利の文を元のように折りたたんでふところへ入れた。

焼石を抱いたように胸が熱くなったのは、文の発する力か。世を騒がせている赤穂浪士の討ち入りが、長直には、今や己自身が為した義挙のように感じられた。

二

「昼日中から御酒にございますか」

尖《とが》った声がして、長直は敷居のほうへ目を向けた。

ぬれ縁に出て白梅を眺めていたところだ。たいがいどこの屋敷にも植えられていて、この季節に可憐な花をつける白梅なら、神崎、茅野、横川の三人も愛《め》でているかもしれない。そうおもうと、つい白梅に目がいってしまう。

三人は、芝三田《しばみた》にある三河国岡崎水野《みかわのくにおかざきみずの》家の中屋敷に預けられていた。詳しい暮らしぶりまではわからぬものの、身分の低い九人がいっしょで、幕府の下命により長屋へ押し込められているとやら。又右衛門が聞き集めてきたところによれば、扱いは丁重で、不自由はしていないようである。討ち入りで怪我をした神崎や横川も治療をうけて、今は回復しているらしい。

「正月くらい、よかろう」

苛立ちを隠して、長直はおだやかに答えた。

「松の内はすぎました」

「白梅を観ておったのだ。そなたもここへ」

長直がかたわらを指し示すと、お紋は中へ入ってきた。が、ぬれ縁には出ないで手あぶりのそばで膝《ひざ》をそろえる。

「寒うございます」

「そうか。それはすまなんだ。障子を閉めよう」

長直は自分で障子を閉めて、座敷へもどった。夫婦は手あぶりを中にして向き合う。

「信州の酒は美味だの。野趣と甘さがほどよく調和して、津山の酒とも似ている」

「わらわはいただきませぬ」

「そうであった。ま、酒はともあれ、似かようたところが多々ある。どちらも内陸ゆえ……」

「わらわは江戸の生まれ、国元のことは存じませぬ」

お紋は、まったくといっていいほど愛嬌がなかった。小柄で顔立ちは十人並み、それでも笑顔のひとつも見せてくれれば愛しさを感じたかもしれない。婚姻が定まったとき、長直は二十七でお紋はわずか十三だったから、妻子と離縁したばかりの長直は妻というよりむしろ養女を迎えたような気がしたものだ。

実際に嫁いできてからも、お紋はうちとけようとしなかった。お紋にしてみれば、十八万余石の大大名から二万石の小大名へおちぶれたばかりの森家へ輿入れすることが、いやでたまらなかったのだろう。

長直のほうも、当時はおもいもよらず大名に抜擢されたばかりで、お家のことを考えるだけで精一杯だった。別れた妻子への未練も引きずっていて、お紋を気づかう余裕はなかった。そんなわけで、二人はぎこちないまま月日を重ね、かたちだけの夫婦になっている。

話の接ぎ穂がなくなったので、長直は話題を変えた。

「巷は赤穂のご浪士がたの噂でもちきりだ。そなたはどうおもう？」

「どう、とは？」

お紋は唐突な質問に面食らっているようだ。

「世間では、ご浪士がたは義を貫いた義士ゆえ、討ち入りの罪は問わず延命すべし、との声が高まっておるそうな。延命か、断罪か」

「さようなこと、わらわにはわかりかねます」

十八のお紋には他人事、関心を持てというほうが無理かもしれない。

「実は、ご浪士がたの中に、かつて津山森家の家臣だった者が三名おるそうな。もしや延命が叶うたら、再び仕官させてやってもよいと余はおもうておる」

「吉良邸へ討ち入って狼藉《ろうぜき》を働いた者たちを、家臣になさると仰せにございますか」

今度はお紋も目をみはった。

「さよう。忠義の士だ、報いてやりたい」

「まぁ、正気にございますか。さような物騒な者たちを召しかかえるなど……わらわはいやにございます。わらわの実家もよい顔はいたしますまい」

なぜここにお紋の実家が出てくるのか。長直は眉をひそめた。が、その一方で、お紋のいうことは的を射ている、ともおもった。

　お紋の実家の堀家では、お紋が嫁いだちょうど同じころにお家をゆるがす大騒動が起こっている。当主の堀大和守が、妾《めかけ》を寝取られたとおもいこみ、家臣を御手討ちにしてしまったのだ。しかも短慮な当主に愛想を尽かして、古参の家臣五十名が致仕《ちし》してしまった。家臣が徒党を組んで暴挙に出る――大和守なら、理由のいかんにかかわらず、そのことに目くじらを立てて浪士たちを非難するはずだ。となれば、仕官の一件にも横槍を入れてくるにちがいない。

「そなたの言い分はわかるが、沙汰が決まらぬうちから争うてもはじまらぬ。つまらぬことを訊《き》いてしもうたの。忘れよ」

　長直はあっさり引き下がろうとした。ところがお紋はつり上げた目を下げようともしない。

「その者たちは、なにゆえ吉良さまへ討ち入ったのでございますか」

「それは、吉良さまのせいで、赤穂浅野家がお取り潰しになったからだ」

「なれど、吉良さまは赤穂のお殿さまに殿中の松の廊下でいきなり斬りつけられたと聞いております。なにゆえ吉良さまが討たれねばならぬのでございますか」

　討ち入りの一年九ヵ月前、元禄十四年の三月に起こった刃傷《にんじょう》は、都から勅使《ちょくし》・院使が来訪している最中でもあり、大変な騒ぎになった。

　因果はめぐる。その四年前に津山森家が改易となったとき津山城を預かったのは、赤穂浅野家の宗家である広島の浅野家だった。津山森家の美作《みまさか》と赤穂浅野の播磨《はりま》は隣国でもあったから、赤穂浅野家のお取り潰しを知ったときは、似たような不運に見舞われた赤穂浅野家に四年前の自分たちの苦難を重ね合わせて、長直は胸がしめつけられるような息苦しさを覚えたものだった。

「喧嘩は両成敗と定まっておる。赤穂の殿は即日ご切腹、吉良さまばかりが生きのびたゆえ、家臣たちが遺恨を抱いた。それゆえこたびの義挙になったのだ」

長直は辛抱強く説明をしてやった。が、お紋はまだ首をかしげている。

「たしかに、吉良さまご自身に落ち度はなかった。刃傷の場で吉良さまは御刀を抜かれなんだと聞いておる。不公平な御沙汰を下したのも吉良さまではない。しかし、そういうものなのだ。赤穂の殿さまのご無念を晴らし、非道な御沙汰への憤りを世に知らしめるには、義をもって事を為すしかない」

そういいながらも、長直は苛立ちを感じた。お紋が素直にうなずいてくれないからではなく、自分の中に、お紋がうなずかない理由をわかってしまう自分がいて、どこかが変だぞ、というその違和感が居心地を悪くさせている。

そもそもお紋に赤穂浪士の話などはじめたのがまちがいだったのだ。

長直はひとつ、息を吐いた。

「さてと、そろそろ又右衛門が参るころだ」

それとなくお紋に退出をうながす。

お紋は膝に手をおき、「さればわらわは……」と辞儀をした。が、出て行く前に、長直の目をじっと見つめる。

「わらわが申し上げたかったのは、赤穂のことではございませぬ。三人のご浪士方は、なにゆえ、吉良さまより先に式部さまを討たなかったのか。津山森家がお取り潰しになったのが、まこと、式部さまの落ち度であったのなら……」

三

なにをしても心ここにあらず。夜も眠りが浅い。水野家に預けられている三人の旧臣のことが、長直は寝ても覚めても頭から離れない。

お紋は、可愛げこそないが利発な女だ。三人についてお紋がいった言葉を、長直はあれ以来、考えつづけていた。

三人は、式部に遺恨を抱かなかった。つまり、世間がいうように式部を津山森家改易の元凶とはみなしていなかった。むしろ式部の臣下として、式部のために戦おうとしていたフシがある。又右衛門に津山森家がお取り潰しになったころの三人の足跡を調べさせたところ、横川勘平はずっと式部のかたわらにあり、茅野和助は一時行方知れずになっていたものの開城の折には式部のもとへ駆けつけ、神崎与五郎も騒動を知るとただちに津山へ走って式部に籠城、徹底抗戦を説いたという。

「徹底抗戦……か」

津山森家では実行しなかった――できなかった――徹底抗戦を、三人は赤穂浅野家で実行に移した。となれば、三人が抗戦しようとした相手は、吉良上野介その人ではなかったのかもしれない……。

長直は又右衛門を呼びつけた。

「又右衛門。なんぞ伝手《つて》は見つかったか」

なんとか三人と話がしたい。長直は逸る思いをこらえきれない。

「こちらの素性は隠して各所へ聞き合わせてみましたが、やはり、たとえ身内なりとも、ご面会は叶わぬそうにございます」

又右衛門が水野家の家臣から聞いたところでは、正月には雑煮と二の膳七菜の料理が供され、新しい小袖と書物が与えられたという。ただし髪を自分で結うことだけは一貫して禁止されている。これは鋏《はさみ》を使わせないためで、面会が許されないのも、こっそりなにかを手渡され、それで浪士に命を絶たれでもしたら一大事だと用心しているからだとか。

「文も、叶わぬか」

「むろん。それに、万にひとつ叶うたところで、厳しい検閲がございましょう。何人もの目にふれるものにお心のうちは記せませせぬ」

「さすれば、格別の温情をもって罪が許され、解き放ちになるのを待つしかないというわけか」

「まんざらありえぬことではございませせぬ。ご浪士方は今や鬼退治の頼光《よりみつ》のごときもてはやされよう、ご老中のあいだでも意見が分かれておりますそうで。これは、ひょっとするとひょっとして……」

浪士を大罪人として断罪せよと主張する荻生《おぎゅう》徂徠《そらい》や反対に義士と称賛する室鳩巣《むろきゅうそう》のような儒

学者たちをはじめ、様々な人々が各々の立場から論争を交わしている。もっとも、最終的な決断を下すのは将軍綱吉《つなよし》だから、だれの判断が決定打になるかといえば、それは当然、将軍の覚えめでたく、幕府でも他の追随を許さない大老格の――一昨年には松平《まつだいら》姓と綱吉の諱《いみな》から「吉」の字を賜って松平美濃守吉保《みののかみよしやす》となっている――柳沢《やなぎさわ》だった。

「柳沢、出羽守《でわのかみ》……」

「今は松平美濃守さまにて」

「さようなことはわかっておるわ。亡き父上がよう御名を口にしておられた。非難の言葉はなかったが、決まって顔をしかめておられたものよ。まるで、毒でも呑まれたかのように」

「毒ッ。さようなことをお口になさるのは……」

又右衛門は目を泳がせた。津山森家の悲劇については、たびたび毒の噂がささやかれていたものだ。

「ともあれ、柳沢さまがおられる以上、楽観はできぬ」

長直はため息をついた。

柳沢には、公の場で何度か挨拶をしている。如才がなく明朗闊達《かったつ》、博覧強記にして頭が切れるとの評判どおり、幕府の重鎮たる風格をそなえていた。長直にも尊大な態度は露ほども見せず、親しげに接してくれた。

欠点がない。そこが曲者《くせもの》だ。文学や和歌に造詣《ぞうけい》が深く、皇室を重んじ、将軍家から賜った駒込《こまごめ》の地を「六義園《りくぎえん》」と名づけて、七年がかりで歌道の根本を景観に取り入れた一大庭園として完成させた。朝廷と将軍家に盤石の絆を築こうとしている柳沢の目には、戦《いくさ》でもぎとった領地を死守しようとする武士たちの願いなど理解の外であるにちがいない。

「弟には知らせたか」

「むろん、逐一お知らせしておりまする」

「弟も歯がゆかろう」

「はぁ。家臣思いの式部さまゆえ、さぞやご心痛にございましょう」

主従がそんなやりとりをしたのは、一月の半ばだった。

西江原の式部衆利より二度目の文がとどいたのは、それから十日も経たない一月下旬である。式部はこの文で、三人の浪士たちとの思い出を語り、なんとか延命に尽力してほしい、それが叶わぬときは三人を誇りにおもっている自分の気持ちをなんとしても伝えてほしいと、切実に訴えていた。

だれを怨《うら》むでもなく——少なくとも表面はそう見えた——長きにわたる謹慎の身を憂えるでもなく、恬淡《てんたん》と生きている弟だ。その弟の、おそらく最初で最後の願いを、できることなら叶えてやりたいと長直はおもった。

「又右衛門。柳沢さまにお会いする手立てはないか」

公の場で挨拶をする、という話ではない。個人的な面談、できれば人払いをして差し向かいで、となると容易にはいかない。

「ご尊父さまが生きておられるころならともかく……」

又右衛門は困惑顔になった。津山森家と西江原森家で当主の座についた長継は、名だたる大大名として幕府内にも顔が利いた。が、さすがに八十九で死去したころには、どの家も代替わりをしていて、とおりいっぺんのつきあいになっていた。

「それにしても一人くらい……お、そうだ。兄上は柳沢さまの甥御さまとたしか縁つづきではなかったか」

「主殿《とのも》さまにございますか」と返した又右衛門は露骨に顔をゆがめた。「主殿さまのご縁を頼るのはかえって逆効果にございましょう。どのみち西江原は遠うございます。すぐのお役には立ちますまい」

西江原には式部の他にもう一人、長直のすぐ上の異母兄、主殿長基《ながもと》が本家預かりとなっていた。正室は津山森家の用人《ようにん》の妹で、娘も柳沢の分家に嫁いでいる。だが主殿は、罪を得て謹慎閉門の身だ。

「そのほうのいうとおり、兄上に橋渡しは頼めぬの。なんぞ他に……」

「柳沢さまはご多忙にございます。その件はいったんおくとして……あ、いや、むろん、知恵をしぼってあちこち当たってみまするが……それとは別に、お三方になにか陣中見舞いができぬものか、水野さまのご家臣にたずねて参ろうかと……」

「おう、それはよい。当家は手元不如意なれど、差し入れくらいどうともなる。なにがよいかのう。小袖か、家紋入りの扇か。それとも津山の銘酒はどうじゃ。せっかくなら弟の名でとどけてやろうではないか」

長直は目を輝かせた。不安な思いで幕府の沙汰を待っているであろう浪士たちに、ここにも応援する者がいることを知らせ、そなたらの志はしかと伝わっておるぞと励まし讃《たた》えてやることができたら……それは長直の願いでもある。

「善は急げだ。すぐに行け」

「はぁ。しかし小袖や扇が許されるかどうか……許されたとしても、贈り主を明らかにいたすことはご無理やもしれませぬ」

「それでは弟の思いは伝わらぬ。なんぞ方策を見つけよ」

「承知いたしましてございます」

又右衛門を送り出したのち、長直は今一度、弟の文を取り上げた。

式部と三人の浪士が一堂に顔をそろえたところといえば、御囲である。生類憐《しょうるいあわれ》みの令に基づいて、十万余匹の野犬を収容するため、江戸郊外中野村に築造された御犬小屋だ。元禄八年の十月半ばから昼夜、休む間もなく、延べ百万近い人夫を動員して行われた築造がどんなにすさまじいものだったか、長直も折にふれて耳にしていた。

どういういきさつから白羽の矢が立ったのか、築造を命じられた津山森家と丸亀京極《まるがめきょうごく》家は不運としかいいようがない。総奉行に任じられて津山から馳せ参じた式部は、幕府の役人に急き立てられ、資材や人夫を苦心惨憺《さんたん》してかき集め、なにより財源不足に頭を抱えて生きた心地もしない毎日だったと聞いている。そんな中でも——そんな中だったからこそ——主従はいたわり合い、支え合ってがんばったのだろう。

三人は身を粉《こ》にして働いてくれた……と、式部は記していた。次々に起こる難題を皆で乗り越えた……とも記されていた。温厚ながらも理路整然とものをいう神崎与五郎、堅物ではあるが温かい心根をもった茅野和助、少々斜に構えるところがあるもののいざとなると熱血ぶりを発揮する横川勘平……式部は、取るに足らぬ下級武士でも十把《じっぱ》一絡《ひとから》げにはせず、各々の人となりをきちんと把握していた。

半生で最も苦しかった……と記しているが、それゆえにこそ鮮烈な思い出でもあるのだろう。小屋を組む竹が足りなくて京極家と奪い合いになったこと。犬の餌のほうが美味《うま》そうだからと近隣の子供たちが押しかけるので追い払うのに苦労したこと。疲れ果てて皆の士気が落ちたころに当時大隠居と呼ばれていた老父の長継から饅頭《まんじゅう》と酒が配られて、だれもが感涙にむせんだこと。なんと、饅頭は五万個、酒は二十五石、その日働いていた全員が恩恵にあずかった。

とりわけ饅頭については、数少ない明るい思い出として、式部の胸に刻まれているようだ。三人の浪士たちも率先して人夫たちに配っていたと記されているが、実は長直も、この饅頭には思い出があった。

老父が陣中見舞いをとどけるといいだしたとき、家中の者たちはこぞって反対した。それでなくても蓄えが底をつき、津山森家は借財にあえいでいたからだ。なにも無理をしなくても……とおもうのは当然である。ところが長継はゆずらなかった。

当然ながら、よけいな銭はかけられない。しかも数が数である。菓子舗に注文するわけにはいかないので、津山から大量の小豆《あずき》と米を運ばせた。山芋は近隣からかき集める。賄所《まかないしょ》の者たちが中心となり、上屋敷・下屋敷の女たちが総動員されて、見かねた男たちも加わり、津山森家の江戸屋敷では終日、饅頭づくりに追われた。

「お手すきでしたら旦那さまも手伝《てつど》うてくださいまし」

妻女のお道は長直に擂《す》り粉木《こぎ》をにぎらせた。山芋を擂って粘りを出し、炊いた米と混ぜる。小豆餡《あん》を包みこんで蒸すのだという。

「武士たる者、さようなことができるか」

「なにを仰せになられます。槍や刀を持つよりよほど武士らしゅうございますよ。これこそ忠義の証《あかし》ですもの」

お道に教えられながら饅頭をつくるのは、おもいのほか愉快だった。鼻の頭に汗を浮かべ、頬を上気させて饅頭づくりにいそしむ妻の顔は、それまで見たどんな顔より美しかった。ひとつでもたくさん御囲で働く人々に食べさせてやりたいがために、長直はとうとう味見をしそこねてしまったが、お道といっしょにつくった饅頭こそがこの世でいちばんの美味だということだけは疑う余地がなかった。

蒸しあがった饅頭は、津山森家の家紋、舞鶴の焼き鏝《ごて》を押されて木箱へ詰められ、中野の御囲へ次々に送り出された。

「舞鶴……あのときの……そうだッ、饅頭だッ」

弟の文を手にしたまま、長直はおもわず大声で叫んでいた。

四

風が吹くたびに猫の毛のような白い柔毛がふりかかる。花盛りの猫柳の下にたたずんで、長直は森家下屋敷の裏門に目を凝《こ》らしていた。

下屋敷の表門は大通りをはさんで神明宮《しんめいぐう》の参道から増上寺《ぞうじょうじ》につづいている。裏手は江戸湾に面していて、裏門を出た河岸に船着場があった。といっても、長直が待っているのは船荷ではない。わざわざ裏手にまわりこんだのも、木陰に身をよせ、深編笠をかぶって顔を隠しているのも、家中の者たちに知られたくないからだ。

それなら、なにもここまで来なくても、上屋敷で待てばよい。

「それがしめにおまかせくだされ。殿がお忍びで下屋敷へいらしたとわかれば、奥方さまがまたご機嫌をそこねるやもしれませぬ」

又右衛門は止めたが、長直は聞かなかった。

お道に会うわけではない。下屋敷に足を踏み入れるつもりはなかった。それでも近くで待っていて、お道がなんといったか、真っ先に知りたい……。

「殿はいいだしたら聞かぬお人ゆえ……お乗物はご用意できかねますぞ」

「そのほうとちごうて若いのだ、よけいな心配は無用」

というわけで、主従は二月朔日《ついたち》、上屋敷から下屋敷への隠密行に出た。

早春の柔らかな日差しを浴びて、海面が白くきらめいている。長直は江戸屋敷で生まれ育った。幼いころから見慣れた景色は、お道の近くにいる、という胸の昂《たかぶ》りとも相まって、感傷的な気分を倍増させている。

裏門が開いた。釣竿を手にした男児や魚籠《びく》を抱えた女児が数人、駆け出してきた。下級武士の子らだろう。が、もしやわが子ではないかと、長直は木陰から飛び出していた。反対方向へ去って行った子供たちを茫然と見送っていると、

「殿。なにをごらんにございますか」

又右衛門の声が近づいてきた。たった今、裏門から出てきたようだ。

「お道に会《お》うたかッ」

「はい。会うて参りました」

「お道はなんとッ」

「門番が見ております。歩きながらお話を」

未練がましく裏門を眺めている長直の背を押すように、又右衛門は歩きはじめた。二人は大通りへ出て、上屋敷への帰路につく。

「お道は承諾したか」

「むろんにございます。よろこんでおつくりいたします、と」

「おう、そうか。それは重畳《ちょうじょう》」

「話が大仰になると厄介にございますゆえ、こたびは水野家の分のみ、数は百ほど。二、三日あ

れば食材もそろいましょう。そろい次第、おつくりするとのことにございます」

「焼き鏝を忘れるなというてくれたの」

「ご安心を。それがしも焼き鏝くらいはお手伝いいたしまする」

「なれば余も……」

「殿ッ。お立場をおわきまえ下され」

又右衛門ににらまれて、長直は首をすくめる。

「しかし、まっこと、妙案をおもいつかれましたな。饅頭なれば内々にお許しいただけるとのこと。家中の皆々に分け、ついでにご浪士方にも……。あれは美味にございますゆえ、皆さま大よろこびなさいましょう」

「そのほうも御囲で食うたか」

「はい。美味《おい》しゅうございました。大隠居さまのお心をおもうと泣けて泣けて……少々、塩辛うございましたが……」

「ははは、あの三人も思い出すであろうの。甘い饅頭が塩辛うなるやもしれぬ」

「焼き鏝のご家紋を見れば、いずこから贈られたものか一目瞭然にございます」

「神崎、茅野、横川、気づくのは三人だけだ。おそらく目を合わせてうなずき合い、胸の内で式部に両手を合わせるにちがいない」

「それだけで、式部さまは満足してくださいましょうや」

「十分だ。それでよい」

長直は、西江原で会ったときの弟の顔をおもいだしていた。いっさいの感情を見せない青白い顔だったが、よくよく見れば、目の奥に炎が燃えていたようにも……。

お道が饅頭をつくる。三人の浪士がその饅頭を腹に納める。それは、弟にとっても自分にとっても、ひとつの、最善の、帰結であるような気がした。

「たしかに饅頭は、われながら名案であったわ」

「そうそう。お道さまは、殿の分もおつくりすると仰せにございました」

「さようか」と、長直はうなずいた。「そうか……待ち遠しいのう」

＊＊＊

元禄十六年二月四日。

春夕の茜《あかね》色に染まった空を烏《からす》が飛んでゆく。

長直は饅頭を食べていた。

ふたつ、みっつ、よっつ……甘いのか塩辛いのか、美味いのか不味《まず》いのか、味わう余裕もないのに食べずにはいられない饅頭である。

かたわらでは、又右衛門も食べていた。

どちらか交互にすればよいのに食べながら嗚咽《おえつ》をもらすので、鼻水と涙でぐしょぐしょになって汚らしいことこの上ない。それなのに、自棄《やけ》になって食べている。

「又右衛門も泣くことがあるのか」

「泣いてなどおりませぬ。饅頭を食うておるだけで」

「うむ。美味いか」

「これほど美味い饅頭は、生まれてはじめてにございます」

お道の饅頭は間に合わなかった。

この日、巳《み》の下刻（午前十一時頃）、水野家中屋敷へ御城から奉書が届けられた。赤穂浅野家の浪士四十六名は各々預けられた屋敷にて切腹と決まり、水野家でも九士が即日、切腹を申しつけられた。

噂はあっという間にひろまった。四家の大名屋敷の門前には浪士たちの死を悼む人々が駆けつけ、息を呑んで見守っていると聞くが、長直と又右衛門主従はここ、森家の上屋敷でひたすら饅頭を食べている。

「そろそろ……」

又右衛門が喉に詰まらせたふりをして胸を叩いた。

長直は目を瞬《しばたた》く。

「又右衛門。見ろ。あれは蛇《へび》の穴か、啓蟄《けいちつ》だの」

「さようなことより殿、今ごろは……」

「お、楓《かえで》も欅《けやき》も芽吹いておるわ。ほれ、山椒も」

「殿ッ」

「いいから食え。ぐずぐず申すな」

長直も何個目かの饅頭に手を伸ばした。明日は腹が痛くなるかもしれないとおもったとたん、ふいにおかしさがこみあげる。忍び笑いをもらし、それからははは……と豪快に笑った。

主君の手中の饅頭に滴《しずく》がぽとりと落ちるのを、又右衛門は黙然と見つめている。

与五郎の妻

一

ゆいは、懐中に扇《おうぎ》を忍ばせている。

日に何度となく開いてみずにはいられなかった。

折り目のついた和紙に墨で飛翔する数羽の鶴が描かれている。片隅に「与」の字が小さく添えられていた。その字を見るたびに血が駆けめぐり、胸の鼓動が速まる。

扇をとどけてきたのは、半年ほど前に御用達《ごようたし》になった酒屋の庄助《しょうすけ》だった。庄助は店へやってくる小間物売りに「森《もり》家の下屋敷に出入りしている」と話をしたことがあるそうで、あるとき「お長屋にお住いの江見甚右衛門《えみじんえもん》さまのご妻女は、もしや吉村兵部《よしむらひょうぶ》さまの御娘、ゆいさまではございませんか」とたずねられた。そうだと答えると、「ではこれを……」と扇を託されたという。

注文したのはとあるお女中で代金は支払い済み、ところが出来上がってもいっかな取りに来ない。困っていたところだと小間物売りは説明したそうだが——。

「さて、どうだか。どこぞで奥さまを見かけて懸想《けそう》したんじゃござんせんかね。なかなかの色男でございますから」

心当たりはまったくなかった。妙な話だとゆいは首をかしげたが、桐箱の中から扇を取り出して開いたとたん、あッと声をあげそうになった。幸い庄助はゆいの動揺には気づかない。ゆいは平静をよそおい、小間物売りの名をたずねた。

「美作屋善兵衛《みまさかやぜんべえ》さんと申します。はじめは扇の行商をしておりましたがそれだけでは糊口《ここう》をしのげないとか、今は本所《ほんじょ》二つ目、相生町《あいおいちょう》の米屋に住み込んで店の手伝いをしておるそうで。名も小豆屋《あずきや》善兵衛に改めたと……」

ゆいはおもわず善兵衛の風貌をたずねていた。扇を見た上に「美作屋」と聞けば、自《おの》ずと浮かぶ顔がある。中肉中背ながらも骨太のがっしりした体つき、目鼻の整った彫りの深い面立ち、きりりとした双眸《そうぼう》……やはり、そうだ。が、好奇心むきだしの庄助には、心当たりがないと首を横にふって見せる。

「そういえば、お道《みち》さまのお見舞いにいらしたお女中が珍しい扇をお持ちでした。どこであつらえたかとおたずねしたことがありました」

「では、そのお方にございましょう」

庄助はあっさりうなずいて帰っていった。ひと月ほど前のことである。

それからというもの、ゆいは寝ても覚めても扇の贈り主のことが頭から離れなかった。図柄こそちがえ、舞鶴《まいづる》は森家の家紋だ。森家は五年前まで美作国津山《つやま》城主だった。当時、ゆいは江戸詰の夫と江戸屋敷の長屋で暮らしていたが、騒乱が起こり津山森家十八万六千五百石は改易、夫と離縁を余儀なくされた。それでも森家は由緒ある家柄だったので、とうに隠居していた元当主が隠居料二万石を賜《たまわ》って返り咲き、小大名としてかろうじて生き残ることができた。いったん実家へ帰ったゆいは再嫁し、今は江戸作事奉行の妻になっている。

この五年、前夫の消息は途絶えていた。風の噂では某大名家へ仕官したとも聞くが、定かなことはわからない。

前夫の名は——神崎与五郎《かんざきよごろう》。

庄助が話していた風貌からも、扇にそえられた「与」という字からも、小間物売りが前夫であることはまちがいなさそうだ。が、与五郎は武士だった。万にひとつ、大名家を再び致仕《ちし》して浪人になっていたとしても、商人になるとはおもえない。いや、食い詰めて餓《が》死《し》寸前となり、大小の刀まで売り払ってしまったとしたら……。

それはともあれ、与五郎はなぜ、今になって離縁した妻に扇をとどけてきたのか。もしや自分が江戸にいることを知らせようとしたのではないか。知らせて、どうする？　会ったところで、失われた日々は帰らない。

五年前の出来事はおもいだしたくもなかった。あまりに辛くて胸がかきむしられそうになる。ゆいはこれまでけんめいに忘れようと努めてきた。

与五郎とは夫婦仲も円満だったし、一男一女の子宝にも恵まれた。何事もなかったら、今このときも仲睦《なかむつ》まじく日々をすごしていたにちがいない。そう、驚天動地の不幸にみまわれさえしなければ……。

「なんじゃ、ここにおったか」

夫、江見甚右衛門の声がして、ゆいはぱちんと扇を閉じた。あわててふところへもどしたとき、夫が入ってきた。

「申しわけございませぬ。ぼんやりしておりました」

「風邪でもひいたのではないか。顔色がようないぞ」

「いえ、さようなことは……」

夫がかたわらにあぐらをかくのを見ながら、ゆいは気持ちを落ちつかせようとおくれ毛をかきあげた。

「寒い中、出かけるからだ。買い物なれば留吉《とめきち》にまかせよ。というても、あれも気が利かぬ男ゆえ……」

なにげない雑談である。それなのに脇の下が汗ばんでいる。

このひと月、一度ならず本所へ行きかけた。与五郎に会って扇をとどけてきた理由を訊《き》くためだ。なにかわけがあるのではないかとおもうと、じっとしてはいられない。

下僕《げぼく》の留吉をつれて買い物に出かけたはよいものの、本所は遠い。両国橋《りょうごくばし》を渡らなければならない。途中の日本橋《にほんばし》でたいがいの用は足りてしまい、訪ねてゆくのも気後れがして、結局、ひきかえしてしまった。

「そうじゃ。年明け早々には備中《びっちゅう》へ行かねばならぬ。今年は雪が多いゆえ、積雪次第で出立は遅れるやもしれぬが……」

「西江原《にしえばら》にございますか」

「後月《しつき》、浅口《あさくち》、小田《おだ》……老骨には荷が重いがのう」

西江原には陣屋がある。津山時代とちがって飛び地の寄せ集めでなにかと厄介だが、改易後に当主に返り咲いた父親から家督を相続した長直《ながなお》は、自ら領地をめぐり、不公平な年貢取り立てを是正したり新たな産業を奨励したりと身を粉《こ》にして働いている。

十八万余石から二万石に減封されたために、家臣団も大幅に縮小された。江戸詰の作事奉行も、今や自分の役目をこなしているだけでは許されない。

甚右衛門はゆいより二十一歳も年上だ。裕福な大名家の家臣団につらなって大きな波風もなくぬくぬくと生きてきた夫にとって、ここ数年の激動は青天の霹靂《へきれき》さながら、右往左往するばかりだった。それでも残留組に入れたのは不幸中の幸いである。

もとより有能な家臣とはいいがたかった。が、良き夫、良き父なのはたしかだ。先妻を亡くし娘たちを他家へ嫁《とつ》がせた男の後妻となることに当初は気乗りがしなかったゆいも、今は凡庸ながら人の好い夫との平穏な暮らしに満足していた。もし甚右衛門と再婚していなかったら、子供たちを手放すことになっていたかもしれない。

「早めに仕度をしておきます。綿入れも縫うておきましょう」

「この歳で長旅はきついが、文句はいえぬの。浪人があふれている昨今、禄《ろく》をいただく主家があるだけでもありがたいとおもわねば」

「こうして不自由のう暮らせますのも、旦那さまのお働きのおかげにございます」

若いときのゆいだったら、野心とも反骨魂とも無縁で事なかれを旨《むね》とする夫が歯がゆくて、軽《けい》侮《ぶ》の念すら抱いていたかもしれない。

与五郎は、甚右衛門とは正反対だった。なにごとにも命がけでぶつかってゆく。手をぬくことができない。良い例が元禄《げんろく》八年十月から十二月にかけて津山森家が幕府に命じられた中野《なかの》の御犬小屋築造で、この、国をあげての大事業の際は、それこそ寝る間も惜しんで働いていた。それでもおもうようにいかないことが多々あるのか、長屋へ帰ってくるたびに憔悴《しょうすい》の色は濃くなってゆくように見えた。このころから、与五郎は人が変わったようで、怒りっぽくなったとゆいは感じている。

生来の与五郎は、書物に親しみ、書をよくし、俳諧《はいかい》を好む温厚な男だった。礼儀正しく、ふだんは寡黙だが口を開けば理路整然と語り、妻子の前でも折り目を正して、甚右衛門のようにくだけた物言いはしなかった。ただし酒はめっぽう強い。浴びるほど呑んでもけろりとしていた。夫が酔いつぶれるようになったのも、おもえば、御犬小屋築造に駆り出されたころからだ。

過酷な御犬小屋築造は当主にも心労を与えたようで、完成後いくらもしないうちに当主は急死、さらには家督を継ぐはずだった嗣子《しし》までが発狂、津山森家は改易となり、城の明け渡しを命じられた。知らせを聞くや、江戸にいた与五郎は即刻、津山へ駆けつけた。籠城、さもなくば城を枕に討死――そう覚悟していたらしい。だからこそ、ゆいや子供たちに罪がおよばぬよう離縁したのだ。離縁をいいわたされたゆいは、武士の妻にあるまじく取り乱した。行かないで死なないで、とすがったものだが、そうしながらも胸のどこかでは、夫の心はもはや家族にはない、元にもどる日は来ないのだと鋭敏に感じとっていた。もし夫が命を惜しみ、家族のために大義を棄てていたとしても、心からよろこべたかどうか。

徹底抗戦は行われなかった。津山城は開城となり、行き場のなくなった家臣たちの多くは各々ゆかりの大名家へ引きとられた。

「旦那さまはいずこへいらしたのですか」

ゆいは父にたずねた。が、父は知らぬ存ぜぬの一点張りだった。

「新たな主君のもとで一から出直すことになろう。あの男のことだ、心配はいらぬ」

「落ち着き先が定まりましたなら、子らをつれて参りとうございます」

「馬鹿を申すな。一世一代の覚悟で出奔《しゅっぽん》した男だ、すでに縁は切れておる」

その言葉が真実だったとしても、甚右衛門との縁談が舞い込んだときはもう、父は与五郎の消息を知っていた。

「さる大名家に仕官が叶《かの》うたそうな。妻女も娶《めと》られたと聞いておる」

娘に引導を渡すために調べさせたのか。

「いずこの大名家にございますか」

「訊いてなんとする？　すんだことだ。忘れよ」

父のいうとおりだった。幼い子供たちの手をひいて遠国《おんごく》までゆけるはずもない。しかも与五郎には後妻がいるという。自分の出る幕などあろうか。

ゆいは与五郎への未練を断ち切った。断ち切ろうとした。この先もおもいだすことはないだろうとおもっていた。扇を見るまでは——。


「明後日は煤払《すすはら》いか。大雪にならねばよいが……」

「え？」

「ほれほれ、上《うわ》の空ではないか。おまえはこのところ妙だぞ」

「申しわけございませぬ。実は、お道さまの御病が気になって……見舞いにうかがおうとしていたところでしたので……」

「快方にむかっておられると聞いておったが……」

「この寒さゆえ、またお熱が……」

「わかったわかった。見舞《みも》うてさしあげるがよい」

「ありがとう存じまする」

安堵半分、うしろめたさ半分、ゆいは逃げるように腰を上げた。

二

お道さまほど、お気の毒な女性《にょしょう》はいない——。

ゆいはそうおもってきた。が、近くに住んで行き来をするようになった今は、本当にそうかしら、とおもうことがままある。

お道は森家の当主、長直公の妻女だった。だった、というのは、離縁しているからだ。三女を生《な》し、一人は夭逝したものの二女を育てているため、離縁後も下屋敷の長屋で子供たちと暮らしている。

離縁されたのは、津山森家が改易となったためだ。それまでは家督相続などありえぬと自他共に認め、重臣の娘、お道と所帯をもって長屋暮らしをしていた八男の長直に、突然、嗣子の座がまわってきた。家督相続人となれば、ゆくゆくは一国の大名である。身分に見合う正室を迎えなければならない。

長直は泣く泣くお道と別れ、信州《しんしゅう》飯田《いいだ》の堀大和守《ほりやまとのかみ》の妹、お紋《もん》を正室として上屋敷へ迎えた。はじめはお道をそのまま側室に、という話もあったようだが、お道は断固として首を縦にふらなかった。それではお紋さまに申しわけが立たない、家臣への示しもつかないからと、さっさと下屋敷へ移ってしまった。長屋では家臣たちの目があるから、長直がお忍びで訪れるわけにはいかない。

改易のおかげで離縁を強いられたのは自分も同じ。ゆいにはお道の不幸が他人事とはおもえなかった。歳の近い子供たちのいる二人が親しくなるのに時間はかからなかったが、それにしても、お道は不幸を背負っているようには見えない。

ゆいが見舞いに訪れたこの日も、お道は明るい笑い声を立てていた。遊んでやっていた子供たちを侍女と共に下がらせ、ゆいに手招きをする。

「起きていらして、よろしいのですか」

「もうすっかりようなりました。それよりゆいどののほうがあまり元気がありませんね。なにか心配事がおありなのですか」

お道はゆいの目をじっと見た。いいえ……と答えたものの、夫とちがってお道の目はごまかせない。いや、それがわかっていたからこそ、だれかに聞いてもらいたくてお道に会いに来たのかもしれない。

「わたくし、変なのです」

「変？」

「はい。今になって自分の選んだ道が正しかったかどうか気になってしまって。お道さまのように独りで子供たちを育てる手だても、あったのではないか、などと……」

「それは、今のご主人に不満がある、ということですか」

「いいえ、いいえ、めっそうもございませぬ。さようなつもりはこれっぽっちも……。主人は良き夫にございます。わたくしの連れ子をわが子のように可愛がってくれますし……ただ……」

ゆいは唾《つば》を呑みこんだ。上手《うま》くいえない。夫への不満ではなく、自分自身への非難なのだということを、どうしたら説明できるのか。

「前夫のことです。前夫は死を覚悟して津山へ駆けつけました。それゆえ離縁をせざるをえなかった。なれど子まで生した仲なれば、なぜあのとき消息を調べ、お待ちしているとお伝えしなかったのか、と。父のいうことをうのみにしたばかりに……」

話しているうちに恥ずかしくなってきた。そうではない。五年前のことではなく、問題は今の自分の気持ちだ。

ようやく甚右衛門との暮らしに馴れてきたところへ、前夫からの意味ありげな進物をうけとった。与五郎とは若き日々、喜怒哀楽を分かち合った。はじめて抱かれた日、子を授かった喜び、稚児の病に夫婦で不寝の看病をした夜も……親の決めた男のもとへ従容《しょうよう》と嫁いでゆく女たちの中で、惚《ほ》れ惚《ぼ》れと夫を眺め、その一挙手一投足に胸をときめかせることのできる自分を、ゆいはまれにみる果報者だとおもっていた。今の夫にどんなに満足していようとも、それは、与五郎のいない心の穴を埋めてくれるものではない。

お道は探るような目を向けてきた。

「なにか、あったのですね。話してごらんなさい」

うながされて、ゆいはためらいつつ扇を見せた。

「あの人がなぜこれをとどけてきたのか……見当もつきませぬ。なれど、今、江戸におられるのなら……」

「お逢いしたい。そうですね。ゆいどのは、そのお気持ちを抑えられない……」

「いいえ。わたくしは……わたくしは案じているのです。なにかお困りのことがあって、それで助けを求めているのではないかと……。離縁をしたといっても子供たちにとっては実の父親なのですし……」

「ゆいどの。ご自分の心を偽ってはなりませぬ」

お道はこの日はじめて厳しい顔を見せた。

「扇を見て、封印していた昔をおもいだした。逢いたくてたまらなくなった。お子たちの実父だからではなく、夫だった人として。そうではありませんか」

ゆいは身をちぢめた。小さくうなずく。

今の暮らしをこわすつもりはなかった。危険を冒すのはこわい。それでも逢いたいとおもうのは、やはり未練があるからだろう。

「お道さまのおっしゃるとおり。わたくしは与五郎さまにお逢いしたい。でも、逢《お》うてはならぬことも承知しております。せめて、逢えぬまでも、この扇がなにゆえ贈られてきたのか、それだけでも知りとうございます。与五郎さまのご様子を知る手だてはないものでしょうか」

ゆいは両手をついた。実家の父が存命なら、なんとか問いつめて聞きだせたかもしれない。が、父は昨年、鬼籍に入っていた。夫には話せるはずもなく、となればお道にすがるしかない。

お道は畳の一点を見つめていた。思案している。

「神崎与五郎どのは、小間物売りをしておられるのですね。本所相生町の米屋、名は小豆屋善兵衛……わかりました。あとはわたくしにおまかせなさい」

心利いた家来をやって探らせるという。暮らしぶりを見とどけ、離縁した妻に扇を贈ったいきさつを聞きだせば、与五郎が扇にこめたおもいも自ずと明らかになるはずだ。

ゆいは「よろしゅうお願い申します」と頭を下げた。お道に相談して心の重荷が半減している。一方のお道は、まだ硬い表情をくずさなかった。

「逢うも逢わぬもゆいどのの自由、どうせよ、とは申せませぬ。でもね、ゆいどの、ゆいどのにはお子がおられるのです。軽はずみなことをしてはなりませんよ。覚悟もないのに逢うて噂がひろまっては、取り返しのつかぬことになります」

立ち話をしただけでも邪推をされかねない。長屋とはそういうところだ。門外も安心はできない。江戸市中はどこに耳目《じもく》があるか。

「肝《きも》に銘じます」

神妙に答えると、お道はようやく表情を和らげた。

「想いを残したまま心ならずも別れたお人に逢いたいとおもうのはあたりまえです。でもね、ただ逢いさえすればよい、というものではありますまい。逢えばかえって辛《つろ》うなる。逢わずにいるからこそ、育《はぐく》まれるものもあるのですよ」

「育まれるもの……」

「ゆいどのですから正直に申しますとね、ふしぎなことに、わたくしは今、昔より殿さまを身近に感じるのです。おそらく殿さまもそうではないかと……」

お道は自信に満ちていた。勝ち誇った、とも見える笑みが浮かんでいる。

「逢いたくて逢えぬのは切ないことですが、そのぶん、幸せな思い出が次々によみがえって参ります。これればかりは、だれも取り上げることはできませぬ。太刀《たち》打ちもできない。お気の毒なのは、そう、お紋さまのほうやもしれませんよ」

三

師走《しわす》の十三日は年に一度の煤払いである。将軍の住まう江戸城から下々が暮らす長屋まで、尻《しり》っぱしょりに頬かむりをした人々が煤竹《すすだけ》で天井の煤を払う。

ところがこの日は朝から大雪だった。森家の下屋敷ではやむなく一日日延べをしたが、あいにく十四日の未明まで雪が降りつづいていた。

「縁起事ゆえ台所の煤は払うべし。大掃除は後日、各家、勝手次第に行うこと」

組頭が触れ歩いたものの、埃《ほこり》が立たなくてよいと大掃除をはじめる家もあって、長屋は人が出たり入ったり、静謐《せいひつ》な雪の朝らしからぬ喧噪《けんそう》になった。

ゆいもたすき掛けに姉さまかむり、留吉や下女たちに手伝わせて甲斐甲斐《かいがい》しく掃除にとりかかる。十になる息子は屋敷内にしつらえられた学問所へ、七つの娘も長屋の娘たちとお針の稽古《けいこ》、夫はこの朝も「大儀、大儀」とぼやきながら雪除けの藁沓《わらぐつ》で足ごしらえをして、龍《たつ》ノ口《くち》にある上屋敷へ出かけている。

大掃除をはじめていくらも経たないうちだった。

「えー、お声をかけましたんでございますが、相すみやせん」

「庄助さんッ」

庭先から声をかけられて、ゆいは仕事の手を止めた。濡れ縁へ出てゆく。

「庇《ひさし》の下へお入りなさい」

といっても雪はもう止みかけていた。

「いえ、あっしはすぐに。あちらへお酒をおとどけにあがりましたんで……へい」

煤払いのあとは掛け蕎麦《そば》がならいだが、となれば酒も付き物、不足分を配達にきたという。庄助は二、三歩近づき、かぶっていた手拭《てぬぐい》をはずして肩の雪を払い落した上で膝を折って辞儀をした。

「実は、例の小間物売りから頼まれました」

ゆいははっと身をこわばらせる。

「扇の……」

「へい。よけいなお節介をする気は毛頭ございやせんが……なにか、どうも、せっぱつまったご事情がおありのようで……」

庄助が左右を見たので、ゆいもおもわず周囲に目を走らせた。幸い二人を見ている者はいない。

「ご事情とは……」

「ご本人におたずねください。すぐそこの、神明宮《しんめいぐう》にてお待ちにございます」

庄助は小間物売りの素性を知っているのか、扇をとどけにきたときよりいちだんと丁重な物言いである。

知っていようがいまいが、ゆいはそんなことにかまっているひまはなかった。

与五郎が、神明宮で、自分を待っている――。

おどろきのあまり、返す言葉が見つからない。

庄助は早くも退散しようというのか、頬かぶりをしなおした。

「明日にはどこぞへお発ちになられますそうで……今をおいて他になし。雪道をご苦労なれど、ひと目お会いしてお別れを申し上げたいと仰せにございます」

お別れ――。

与五郎はまた江戸を離れるのか。次なる仕官先が決まって、主家の国元へ同行することになったのかもしれない。

ゆいは鳩尾《みぞおち》に手を当てた。

お道から軽はずみはつつしむようにと釘を刺されている。どこでどう噂がひろまるか、よほどの覚悟がなければ逢うべきではないことは重々承知していた。けれど……。

遠国へ行き、もう帰ってこないつもりなら、これは与五郎に逢う最後の機会だった。自分のことはさておいても、子供たちは与五郎にとってもわが子、様子を知りたいとおもうのは当然である。

「神明宮といっても……」

境内は広い。昨日来の雪で人足はまばらだろうが、いつもなら茶屋や矢場、食べ物屋などよしず掛けの小屋が立ち並んでいて、人捜しには難儀をする。

庄助はうなずいた。

「いちばん奥の稲荷《いなり》社の裏手の雑木林で待っておられるそうにございます。あっしの口からはこれ以上は申せませんが、いえ、ご心配にはおよびません。礼儀正しい、律儀なお人にございますから……と申しますのもおかしな話で……」

庄助が苦笑したのは、自分以上にゆいのほうがよく知っているとわかっているからだろう。与五郎は二人のことをどこまで庄助に話したのか。

「煤払いの最中に申しわけございませんが、ぜひともご足労、願いたく……」

「わかりました。折をみて、いえ、できるだけ早《はよ》う」

「へい。では、あっしはこれで」

庄助はぺこりと頭を下げて帰っていった。雪が止んで、空は明るくなっている。

ゆいはしばらく動けなかった。茫然《ぼうぜん》と立ち尽くすばかりだ。

五年前は騒動の最中だった。どちらも頭に血がのぼっていた。互いをおもいやり、冷静に対処できたかといえば、否《いな》である。突発的なあわただしい別れにただ押し流されてしまった……。

これは、千載一遇の機会だろう。逢わなければ一生、後悔するかもしれない。

ゆいはもうたすきをはずしていた。

「留吉。ちょっと出かけてきます。すぐにもどるゆえ、皆にはいわぬように」

「では手前がお供を……」

「すぐそこです。供は無用。それよりおまえは万事、手抜かりなきよう」

玄関へ向かう前に自分の居間へ立ちより、鏡をのぞいて髷《まげ》をととのえる。小指の腹にほんの少しだけのせた紅でくちびるをなぞった。結局は懐紙でふきとってしまったものの、まるで忘れていた若き日のときめきがもどってきたかのようだ。

ゆいはぬかるみを用心して小袖《こそで》の裾をたくしあげ、高下駄《たかげた》を履いた。長屋をあとにする。ざわついているのも好都合、だれにも見とがめられずに門を出た。

森家の下屋敷は海沿いにある。海岸と反対側の表門のほうの道のふたつ先の通りに、神明宮の鳥居があった。

陽が射している。とはいえ、夜も降りつづいていたせいでまだ、下駄の歯が埋まるほど雪が積もっているところもあった。境内は閑散として、仕度だけはしたものの商いを断念したのか、店じまいをしながら恨《うら》めし気に空を見上げている者もいる。

ゆいは、ころばぬようにと慎重に最奥の稲荷社へ急いだ。

稲荷社にも人影はなかった。それでも四方を注意深く見渡してから裏手へまわりこむ。雑木林へ足をふみいれるまでもなく名を呼ばれた。待ちかまえていたように、林の中から人影があらわれる。

「旦那さま……」

「ゆい、どの。よう来てくれた」

二人はしばし無言のまま見つめ合った。

ゆいは与五郎の変化に内心おどろいていた。多少痩《や》せはしたものの体つきはさほど変わらない。腰の大小が消えて侍髷から町人髷に変わったことや、別れたとき三十代前半だった男が三十七になったことだけなら、今さらおどろくことではなかった。黒ずんだ肌や目元のしわ、鬢《びん》の白髪がこの五年の苦難を物語っているとはいえ、それも十分に想像していたことである。

では、なにになおどろいたのか。与五郎の全身から発散する熱気、とでもいおうか。御犬小屋の築造に駆り出されていたころの苛立《いらだ》ちや焦燥《しょうそう》は影をひそめ、五年前の改易の際の悲憤に満ちた激しさともまたちがって、なにかが吹っ切れたような……くたびれた風貌とは裏腹に、むしろ結婚当初にもどったかのように生き生きとしている。

与五郎は最上の仕官先を見つけたにちがいない。

ゆいは微笑していた。なつかしさと安堵、寂しさの入りまじった微笑だ。

与五郎もまぶしそうに瞬きをした。

「庇の下へ入らぬか」

雪のあとだから、ことさら陽射しが明るく感じられるのか。そうおもったのは、ゆいだけではなかったようだ。

二人は庇の下に並んで立つ。

「あの扇……」

「ひと目でわかるとおもうた」

「わかりました。でもどういうことか、お贈りくださった理由がわかりませぬ。それで、相生町をお訪ねしようかともおもうたのですが……」

「実は今春、江戸へ出てきた」

「まぁ、春からこちらにいらしたのですか」

「はじめは行商などしておったゆえ知らせようがなく……知らせてよいものかもわからず……森家には顔見知りがおるゆえ……」

ゆいがどうしているか探りだすのに、おもわぬ時がかかってしまったという。

なにもそこまで隠密にしなくてもよさそうなものなのに、と、ゆいは首をかしげた。離縁は望ましいことではないが、与五郎が禄を離れるに至ったのは森家の改易によるもので、与五郎自身の科《とが》ではない。

それとも……と、商人姿を盗み見る。そう、与五郎はこの姿を見られたくなかったのかもしれない。人一倍誇り高い男は、矜持《きょうじ》を忘れかけた名ばかりの武士が増えている昨今、断固として武士でありつづけることにこだわっていた。城を枕に討死を覚悟した男が、たとえいっときであれ小間物を売り歩くのはさぞや苦痛だったにちがいない。

「仕官が叶《かの》うたのですね。ようございました」

「仕官……ま、そういうことになるか。また江戸を離れることになったゆえ、旅立つ前におまえに……ゆいどのに詫《わ》びておきとうての、あのときは辛いおもいをさせた。苦労をかけたが、息災とわかって安堵した。子らのことも、よう手放さず、育ててくれた」

「あたりまえです。あなたのお子ですから」

「雄太郎《ゆうたろう》は十、芳江《よしえ》は七つか」

「雄太郎はあなたによう似て、剣より書物のほうが好きなようで……飽きずにいつまでも手習いをしております。芳江は女子《おなご》のくせに利かぬ気が強うて……」

「母者《ははじゃ》に似たのだろう」

まぁ……と返した声が、自分の耳にも弾《はず》んで聞こえた。そのせいというわけでもないが、二人は昔を想って一瞬、押し黙る。

「ひと目、会《お》うてやってください」

「それはおれも……いや、やめておこう」

与五郎は目線を足下へ落とした。庇の下にも吹きこんだ雪がうっすらと積もっている。その横顔が一変して物悲しく見えたので、ゆいはおもわず身をよせた。

「いっそ、堂々と会いにいらしてはいかがですか。仕官が叶うたのです、もはや気後れなさることはありませぬ。ご出立なさる前に……」

「会わぬほうがよい。あの子らの父は、もう、おれではないのだ」

「江見のことなれば……道理のわかる、やさしい人です。事情を知ればさりげなく引きあわせる算段をしてくれるはずです」

「やはりやめておこう。良きお人なればなおのこと、江見甚右衛門さまのこれまでの親切に水をかけとうない」

「わたくし独りでは育てられませんでした。あなたは消息すら知れませんでしたし」

「わかっておる。責めてはおらぬ。このおれとて仕官した際に……」

「ご妻女を迎えられたとうかごうております」

与五郎は不意打ちをくらったようにゆいの顔を見た。ほろ苦く笑う。

「知っておったか。かつ、というての、子はおらぬゆえ、ゆいどのとちごうていかようにも生きられる。歳は若いが存外、肝がすわった女子での、なにがあっても取り乱すことなく、首尾よう後始末をしてくれよう」

ゆいは妙な気がした。与五郎のいいようでは、かつもまた自分と同様、離縁したように聞こえる。今春、江戸へ出て来て小間物売りをしているということは、森家のあと仕官した大名家も致仕して、またもや夫婦別れをしたということか。

気になってたずねてみると、与五郎はあいまいにうなずいた。

「離縁はしておらぬが……」

「おきざりになさったのですね。なにもいわずに出奔されたのでしょう。まぁ、ひどい。おかつさまがどんなに胸を痛めておられるか、考えたことがおありなのですか」

突如、怒りが湧いてきたのは、離縁されたときの悲しみがよみがえってきたせいだろう。大義だ武士の一分《いちぶん》だ、などと肩を怒らせ、妻と幼い子供たちを棄てて飛びだしていった夫——。あのときの悲嘆、絶望、孤独……。ゆいはかつの名を借りて、この五年、胸にわだかまっていた怒りをぶつけようとしていた。

「わたくしだけでは飽き足らず、あなたはおかつさまも不幸になさるおつもりなのですね。そしてまた、新たな仕官先を見つけた。三人目のご妻女はどのようなお人でしょう」

与五郎は見栄《みば》えのよい男だ。愛想はないが実直だから年輩の武士から頼りにされる。娘婿《むすめむこ》にと望まれることも多々あるにちがいない。ひと目見たとき変わったとおもったのは、熱気というより野心、野望だったのか。与五郎は——武士の中の武士だと誇らしくおもっていた前夫は——よりよい仕官先を求めて渡り歩く、忠義や大義とは無縁の見下げ果てた男になってしまったのかもしれない。

心の内をさらけだした拍子に五年の歳月が消えて、ゆいはあのときの自分にもどっていた。聞き分けがないとなじられても、それでも夫にしがみつこうとしていた若き日の自分に——。

「苦労をさせた、辛いおもいをさせた、などと仰せですが、あなたはなにもわかってはいらっしゃらない。詫びてすむことではありませぬ。わたくしが……わたくしが、どんなに御身を案じて眠れぬ夜々をすごしたか、寂しゅうて悲しゅうて、涙も涸《か》れて……再嫁したのも子らの明日をおもえば他に道はないと……」

与五郎は困惑《こんわく》している。

「わかったわかった、おれのせいだ、すまぬ、おれが……」

「許せませぬ。わたくしを棄て、おかつさまを棄て、また次の……」

ゆいはいつしか泣きながらこぶしで与五郎の胸を叩いていた。与五郎はなにもいわず、ゆいの両腕をつかんで抱きよせる。息ができないほど強く抱きしめられて、ゆいは歓喜と絶望のはざまで童女のように涙を迸《ほとばし》らせた。

わたくしは、このお人と、添いとげたかった——。

与五郎と言葉を交わしたのは祝言の夜がはじめてだったが、おなじ家中にいれば顔くらいは知っている。まだ若かった与五郎が参勤交代の行列に加わってはじめて江戸へやってきたときは、女たちのあいだでちょっとした話題になったものだ。与五郎は江戸詰を仰せつかり、ゆいを見初《みそ》めて、上役を仲介に縁談を申し入れてきた。父からそれを知らされたとき、おもいもかけぬ幸運に小躍りしたものだ。

与五郎は、上役から信頼されはするものの、生真面目すぎて巧く立ちまわることができない。そのせいか、華々しい出世とは無縁だった。が、ゆいは幸せだった。夫婦共白髪になるまで、助け合い、子を育て、日々の小さな出来事に一喜一憂しながらつつましく人生を送る……それだけで十分だとおもっていた。そのささやかな願いが、いともあっけなく手の中からこぼれ落ちてしまうとは――。

与五郎の胸の袷《あわせ》を、ゆいはぎゅっとつかむ。

「許せと仰せなら旦那さま、わたくしと子らをいっしょにおつれください。遠国でもかまいませぬ。おかつさまと離縁なさるなら、もう一度、わたくしを妻に……」

「それはできぬ」

「なにゆえにございますか。父は亡《の》うなりました。夫は……夫には申しわけのないことなれど、夫は人情のわかる人です。何度でも頭を下げて……」

「ゆい。これには事情があるのだ」

「これ？」

「明日の旅立ちだ。自ら決めたことゆえ、なんとしても、行かねばならぬ」

「ですから、わたくしたちはあとからでも……」

「ならぬッ」

厳しい口調とは裏腹に、与五郎はやさしくゆいの体を引き離した。

「もう、行ってくれ。おれには為さねばならぬことがあるのだ」

ゆいは一歩下がって、与五郎の目を見つめた。

「わたくしより、子供たちより、大事なお人がいるのですね」

「……いかにも。今度こそ、添い遂げると、決めた人だ」

ゆいはくるりときびすを返した。

「帰りますッ」

「待て。いや……」

ゆいは与五郎の顔を見なかった。

「達者で暮らせ。子供たちをたのむぞ」

耳には入ったが聞こえないふりをして陽光の中へ駆けこむ。

雪はとうに止んでいるのに、足下はむろん、塔頭《たっちゅう》の甍《いらか》や板塀の上、草木もよしず掛けの小屋もなにもかもが白く輝いていた。その明るさがかえって寥々《りょうりょう》として感じられる。

ゆいは、下屋敷までのほんの短い道のりを、まるで一升も下り酒を呑んだ人のようによろめいたりつまずいたりしながら歩いた。

寒さは感じなかった。燃えたぎるおもいを、ひどく腹を立てているからだとおもうことでなんとか胸を鎮《しず》めようとしている。でなければ――今度こそ与五郎に棄てられたのだと認めようものなら――口惜しさと悲しさで息が止まってしまうかもしれない。

「奥さま。台所の天井は終わりましたが……」

ゆいの顔を見て内心ではなにがあったのかといぶかっていたとしても、留吉は訊かないだけの分別をもちあわせていた。

「ご苦労でした。他もやってしまいましょう。さ、雑巾を」

ゆいは、仇討《あだうち》に出かける人のように力を込めて、たすきの紐を結ぶ。

四

お道に呼ばれたのは、同日の夕刻だった。

夕陽が西の空を紅《あか》く染めている。

「ゆいどの。近《ちこ》うへ」

人払いもさることながら、お道の顔色はただごとではなかった。

ゆいはお道のそばへ膝をよせる。

「神崎与五郎どののことですが……」

「そのことでしたら、お道さまを煩《わずら》わせてしまい、お詫び申し上げます。もうきっぱり忘れることにいたしました。どうか、ご放念くださいまし」

一日中、苦しんだ。なまじ逢わなければよかったとどれほど悔やんだか。今ごろになって詫びたいなどと前妻を呼びだし、おざなりに子供たちの近況をたずねて、あとは別れを告げただけ。そんな一方的な、身勝手な話があろうか。

冷静にふるまえばふるまうほど胸中では七転八倒して、今はようやくその動揺を鎮めたところだった。ゆいは耳をふさごうとする。

けれどお道は、中断する気はないらしい。

「実は少々、気になることがあるのです」

「ですからもう……」

「神崎どのは津山城明け渡しのあと、赤穂浅野家《あこうあさの》へご仕官なさったそうです」

「赤穂浅野家……浅野家ッ。昨年、あの、殿中でお殿さまが刃傷沙汰《にんじょうざた》を起こしてお取り潰しとなった……」

「ええ。当家につづいてまたもや主家を失う羽目に……」

では与五郎は、一度ならず二度までも主家の都合で浪人となり、江戸へ舞いもどらざるをえなかったのか。仕官の口を探しながら小商いで糊口をしのいでいた。なんと不運なめぐりあわせだろう。

「お気の毒にはございますが、わたくしにはもうかかわりのないこと。新たな仕官先も決まったとうかがいました。ご心配はご無用に」

堅い口調で応じると、お道はゆいに探るような目を向けた。

「仕官先が決まった、と？」

「そのようなことを話しておりました」

「逢うたのですね」

「あ、いいえ、人づてに……いいえ、お会いしました。申しわけございませぬ」

「そんなことだろうとおもっていました」ため息をつく。「そのことはさておき、いずこへご仕官なさると仰せでした」

「さぁ、そこまでは……」

「仕官の話、まことでしょうか」

お道の目に強い光が流れた。

「相生町の吉良《きら》邸の斜向《はすむ》かいに米屋が店を出しました。主人は五兵衛《ごへえ》というそうで、神崎どのは小豆屋善兵衛と名乗って米や雑穀を売る手伝いをするかたわら、小間物などを売り歩いているそうです。これは神崎どのをよう知る家来に調べさせましたゆえ、たしかです。なれど仕官の話があるとは……」

仕官先が決まったとしたら、贔屓先《ひいきさき》に、少なくとも店の者には知らせるはずだ。めでたいことなのだから。明日、出立するとなれば仕度もあろう。そんな素振りはまったくなかったという。

「それは妙ですね。わたくしには明日、遠国へゆく、もう江戸へは帰らぬと……」

「そもそも神崎どのは、なぜ名を変えたり、素性を隠したりなさるのでしょう。武士だったことも、新たな仕官についても、なにゆえ秘しておられるのか」

「昔のお仲間に、商いをしていると知られるのがおいやなのではありませんか。あの人は武士であることにこだわっておりましたから」

そうおもいたかった。他に理由があるとはおもいたくない。けれど――。

「斜向かいですから、神崎どのは吉良邸へも御用聞きにゆくそうです」

「それがどういう……あッ」

「浅野内匠頭《たくみのかみ》さまが刃傷に及んだ相手は吉良上野介《こうずけのすけ》さま。内匠頭さまが即刻ご切腹となったのに上野介さまになんのお咎《とが》めもなかったことについては、世間でも喧嘩両成敗の掟《おきて》にそむくと非難の声があがっていました。上野介さまに怨《うら》みを抱く赤穂の浪士たちが、このまま黙っていようか、仇討を仕掛けてくるのではないか……上野介さまはそれを恐れたのでしょう、早々に隠居されてしまいましたが、巷《ちまた》ではいまだに不穏な噂が飛びかっているようです」

お道の話を聞いているうちに、ゆいの顔から血の気が引いてゆく。

与五郎が、なにかわけがあって吉良邸の斜向かいの米屋に住み込んでいるとしたら、それは探索のため以外に考えられない。もしや、浅野内匠頭の仇討をするつもりなのではないか。仕官先も定まっていないのに明日、遠国へゆくといったのは――。

「お道さま。よもや、とはおもいますが……」

「ゆいどの。わたくしが気にかかっているのも実はそのことです」

二人は目を合わせる。

「神崎どのは闇討ちを仕掛けるおつもりやもしれませぬ。お命を棄てるお覚悟、ゆいどのにはそれを明かせぬゆえ、遠国へゆく、などと……」

「でも……なれどあの人は、まだ浅野家にご奉公して日が浅《あそ》うございます。そこまで義理立てをするとはおもえませぬ」

「浅野家のためだけ、であれば、そうでしょう。もしやそれだけでないなら……。神崎どのはわが津山森家のためにも一度は死ぬ気でいらしたのです。あれは、無情にも改易を申し渡したご公儀に異を唱えるためでした」

「たしかにあの人は立腹しておりました。御犬小屋築造でもひどい目にあわされましたから。ということは、こたびも、ご公儀に物申すために上野介さまを……」

「そうと決まったわけではありませぬ。が、大いにありえます」

「ああ、どうしましょう」

与五郎は吉良邸へ忍びこんで上野介の寝首をかくつもりではないか。それとも外出時を狙って駕籠《かご》へ斬りかかるか。そこそこ腕が立つとはいえ、上野介のまわりには腕に覚えのある警護の武士たちが随従しているはずだ。多勢に無勢、あっという間に捕らえられ、首をはねられてしまうにちがいない。

「無謀にございます。首尾ようゆくとはおもえませぬ」

つい今しがたまで与五郎の身勝手なふるまいに腹を立て、忘れよう、かかわりになるまいと胸にいいきかせていたのに、今はまたもや抑えきれないほど昂《たかぶ》って、自分でもどうしたらいいかわからない。恃《たの》むはお道、が、こればかりはお道もどうしたらよいか、わからぬようだった。

「お道さま……」

「ゆいどの、わたくしたちが物事を大げさに考えすぎているのやもしれませぬ。心を鎮めて考えてみましょう。お独りでなにができるか。神崎どのもそこまでの無茶はなさらぬはず。取り越し苦労、そう、わたくしの早とちりやもしれませぬ」

ゆいがこれほど動揺するとはおもわなかったのか、これ以上ゆいの心を乱すまいとお道は言《げん》をひるがえした。けれどゆいは、もう冷静にはなれなかった。

「さようでしょうか。あの人なら仇討も辞さぬとわたくしは……」

「明日には江戸を去る、といわれたのですね。でしたら明朝、もう一度、様子を見にゆかせます。不審な動きがあればわかるはずです」

いずれにしても、今、自分たちにできることはない。まわりから邪推されぬよう平静を保っていることが肝心だと、お道はゆいを諭した。

「よいですね、ご主人に悟られてはなりませんよ。それだけは心しなさい」

わかっておりますとうなずいて、ゆいは自分の長屋へ帰ってゆく。

家へ帰ったものの、焦燥は高まるばかりだった。なによりゆいの不安をかきたてていたのは、今朝方、再会したときの与五郎の、異様なほど生き生きとしたまなざしだ。あれは、なにか為すべきことがあり、そこへ向かって邁進《まいしん》しようとしている人の目だった。志に燃えた目だ。

与五郎の志とはなにか。与五郎は明日、なにをしようというのだろう。だれにもいわず江戸を離れるというのが仕官のためでなかったとしても――雇われ用心棒とか、出家のための仏道修行とか、万にひとつ、女の色香に惑《まど》っての駆け落ちとか――それでも仇討のためでさえなければよい、そうではありませんように……。今はただ生きていてほしかった。たとえ遠く離れ、二度と逢えなくても、どこかで生きていてほしい……。

明朝、お道の命をうけた家来から、与五郎が無事に旅立ったという知らせがとどきますようにと、ゆいは祈った。もしそうなら、なんだやっぱりと苦笑して、とんだ人騒がせだとまた少し腹を立てるにちがいない。そしてもしそうなら、悔しさや寂しさはあっても、今度こそ与五郎への未練を断ち切れる……。

ゆいは不安を隠し、いつもどおり家刀自《いえとじ》としての役目に専念した。作事奉行とはいえ長屋住まいでは使用人の数も知れている。賄《まかな》いも繕《つくろ》いも近所づきあいも夫や子供たちの世話も、ゆいが目を光らせていなければ一日たりとてまわらない。

「どうした？　なんぞ気がかりでもあるのか」

夫の甚右衛門に訊かれたのは、寝仕度の介添えをしていたときだった。やはり、不安を気づかれたのか。

「今日は煤払いをいたしました。大忙しでしたから、なにやら疲れてしまって……」

甚右衛門はそれ以上、追及しなかった。

「ゆっくり休むがよい」

「ありがとう存じまする」

おやすみなさいましと、ゆいは夫につづいて床に入る。

眠れなかった。与五郎が吉良邸へ忍び入る姿や捕らわれる場面、斬首の光景などが次々に浮かんで、おもわずうめき声がもれそうになる。それでも目を閉じ、歯を食いしばっているうちに疲れが頂点に達したか、ゆいは寝息を立てていた。

五

門のあたりでざわめきが聞こえたのは六ツ時（午前六時）である。

ゆいはすでに身仕度をととのえ、台所へ出てゆこうとしていた。とっさに与五郎の顔が浮かび、はっと棒立ちになる。

「なんの騒ぎか聞いてきておくれ」

留吉を門へ走らせた。留吉がもどる前に小者が呼びにきた。ゆいは動揺を鎮めるすべもないまま玄関へ出てゆく。

夫が裃《かみしも》をつけて待っていた。

「たった今、組頭より内々に知らせがあった。早急に皆に諮《はか》ることがあるそうな」

上屋敷ではなく下屋敷の広間へ長屋の一同が会して、処し方を決めるという。

「処し方……おもてが騒がしいようですが、そのことにございますか」

「うむ。詳しいことはわからぬが、未明に吉良邸で騒動があったらしい」

「吉良邸ッ」

「赤穂の浪士どもが吉良邸へ討ち入り、上野介さまの首級を挙げた」

ゆいは凍りついた。頭に鉄槌《てっつい》を食らったようだ。

では、やはり、事は起こってしまったのか。赤穂の浪士たちは亡き主君の遺恨《いこん》を晴らし、喧嘩両成敗のおきてに背いた公儀に反旗を翻した。浪士たちの中に与五郎が加わっていたことは疑うべくもない。

「われらにはかかわりなきことなれど、上杉《うえすぎ》さまがどう出るか。万にひとつ、江戸市中で戦《いくさ》ともなりかねぬ。当家へ逃げこむ者も……なきにしもあらず」

甚右衛門が言葉をつまらせたのは、津山森家が改易となったあのとき、赤穂浅野家へ引き取られた家臣たちがいた事実を知っているからだろう。神崎与五郎が浅野家の家臣になったことも知っていたのか。知っていて、ゆいの父親同様、ゆいの耳には入れぬようにしていたのかもしれない。

ともあれ、危急の事態が起こってしまった。上杉家は十五万石の大名だが、吉良上野介の妻女が上杉の姫であったことから、吉良家の嫡男《ちゃくなん》が後継者のいない上杉家の当主に迎えられ、その男子が吉良家の後継者となるなど、深い縁で結ばれていた。吉良家の災禍《さいか》を上杉が見過ごすとはおもえない。即刻、兵を集めて攻め寄せるかもしれない。浪士と上杉の戦になったらどちらへ加勢するか。門戸を固く閉ざして対岸の火事を決め込むか。下屋敷の面々は意思の統一をしておく必要があった。

「おもてへ出てはならぬぞ。皆にも落ちついて待つようにいうておけ」

「かしこまりました。あ、旦那さま、なにかわかりましたら、どうか……」

「真っ先に知らせる」

甚右衛門は出かけていった。

ゆいは家人を呼び集めて、本所の旗本《はたもと》屋敷で騒ぎがあったことを教え、詳細が知れるまでは長屋から出ないようにと申し渡した。上の空で子供たちに朝餉《あさげ》を食べさせ、そのあとは仏間へこもって灯明をあげる。

不安を抱えたまま、どれほどそうしていたか。留吉が知らせをもってきた。

「まぁ、そんなに大勢で……」

夫の「浪士ども」という言葉からして与五郎の単独行動でないことはわかっていたが、それにしても四、五十もの浪士が討ち入ったと聞いて、ゆいはあらためて事の重大さに身ぶるいをした。深夜とはいえ、それだけの集団が見咎められずに旗本屋敷を襲撃するとは、現《うつつ》の出来事ともおもえない。

「浪士の皆さまがたはご無事ですか」

「寝込みを襲われた吉良さまのほうでは死傷者が出ておるそうにございますが、ご浪人衆は火事頭巾《ずきん》や着込みの下、帯にまで鎖を縫い込んだ上に、武器はむろん梯子《はしご》や高張提灯《たかはりぢょうちん》など準備も周到にて、皆さま、さほどのお怪我もないそうにございます」

ゆいは安堵の息をついた。すぐに新たな不安が押しよせる。

「して、どうしておられるのじゃ。ご公儀は？　皆、捕らわれたのですか」

「それが、吉良邸のまわりは快挙を寿《ことほ》ぐ人々で大騒ぎになっておりますそうで。当家へ出入りしております商人によれば酒や餅を持参する者までおるようで……」

公儀も上杉家も今の時点では動きをみせていないという。が、本所から芝《しば》まで知らせがとどくあいだにも、事態は新たな展開をみせているかもしれない。

「旦那さまはおもてへ出るなと仰せでした。なれど留吉、門の出入りに耳を澄ませて、ご浪士がたの行先がわかったらただちに知らせておくれ」

留吉を送りだすや、ゆいはがっくりと両手をついた。胸がかつてないほど激しく波立っている。

与五郎は、そんなにまで深く傷つき、自らの命を投げ出しても悔いないほどの怒りを抱え込んでいたのか。こたびのことは、お道もいったように、浅野内匠頭の仇討のためだけに為したことではないのだろう。与五郎は津山家のためにも仇討をしてのけた。だとしたら、今は晴れ晴れとした顔をしているにちがいない。五年前に叶わなかった志をとうとう成し遂げたのだから。

神明宮へ呼びだされたあのとき、なぜ気づかなかったのか。ゆいは自分を責めた。与五郎の目を見てなにかがおかしいとおもったのに、やりすごしてしまった。もしあのときわかっていたら、命がけの大事に臨む直前にわざわざ別れを告げにきてくれた男に、もっと心のこもった応対をしたはずだ。遠目なりと、子供たちの成長した姿を見せてやることも、できたかもしれない。

「与五郎さま……」

ゆいはいたたまれず腰を上げた。大それた騒ぎをひきおこした以上、浪士たちが生きのびられるとはおもえない。生あるうちに、せめてひと目、逢えぬものか。逢って、「許しませぬ」と突き返したあの言葉を撤回したい。

ゆいはくちびるをかみ、手狭な座敷の中を行きつ戻りつした。

雪は止んでも道が凍りついている。遠出をするのは難儀だろう。女の足で本所まで歩きとおせるかどうか。たとえ歩けたとしても、たどりついたとき吉良邸の門前に浪士たちがいるとはかぎらない。いや、おそらくもういないはずだ。

それでも、行きたかった。与五郎が雪の中を別れを告げに来てくれたように、今度は自分が駆けつけたい……。

突如、こみあげるものがあって、ゆいは無我夢中で玄関へ駆けた。下駄や草履《ぞうり》ではなく甲掛け草鞋《わらじ》を履いたのは、途中でころんでは元も子もないからだ。急がなければ……。矢も楯《たて》もたまらず飛びだそうとしたときだった。

「どこへゆく」

ゆいははっと振り向いた。

甚右衛門がこちらへ歩いてくる。

「本所へ、ゆくつもりか」

止められるのはわかっていた。夫の制止を無視して飛びだしたところで、引きもどされるのも必定。もはや、どうすることもできない。

答えるかわりに、ゆいは嗚咽《おえつ》をもらした。

甚右衛門はひとつ空咳《からぜき》をする。

「泣いている場合か」いいながら片手をあげ、追い払うような仕草をした。「浅野のご一行は高《たか》輪《なわ》の泉岳寺《せんがくじ》へ向こうておるそうな。門前で待て。目の前を通るはずだ」

ゆいは首をかしげた。とっさにはなんのことか理解できない。

「お道さまに会うた。おまえを門前へ出してやるように、といわれた」

ゆいは目を瞬《しばた》いた。

「ご浪士がたが、この、門の前を、お通りになるのですか」

「芝口《しばぐち》から金杉橋《かなすぎばし》へ出るにはこの道しかあるまい」

「お見送りを……わたくしがお見送りを、させていただいてもよろしいのでしょうか」

「見送ってさしあげるがよい。大きな声ではいえぬがの、わが森家にとっても胸のすく快挙だ。胸中ではだれもが感涙しておる」

「旦那さまッ。ありがとう存じまする」

ゆいは駆けだそうとした。が、甚右衛門はなおも待ったをかけた。

「留吉にいうて、雄太郎と芳江もつれてゆけ」

「子供たちを？」

「わしが神崎どのなれば、それこそがなによりの褒美」

子供たちは気づかないだろう。物心つくかつかずのころに別れたのだから。隊列をなしてやってくる物々しい行列の中に自分たちの父親がいるとは夢にもおもうまい。

それでも、与五郎は見る。ひと目でわかるはずだ。そしてゆいが――大義のために離縁せざるをえなかった前妻が――自分を許し、自分の志を理解してくれたことを知る。死出の旅への、これ以上の餞《はなむけ》があろうか。

ゆいは深々と辞儀をした。

手の甲で涙をぬぐった。

次の瞬間、もどかしげに草鞋を脱ぎ捨てて、家の中へ駆けこんでいる。

「雄太郎ッ。芳江ッ。お外へゆきますよ。いいから早う、早ういらっしゃいッ」

門前では、午前の陽光を浴びて、うっすらと積もった雪が早くも解けようとしていた。快挙をしてのけた浪士たちを歓声で迎えようという人々で、ほどなく道の両側は鈴なりになるにちがいない。

森家の下屋敷は、神崎与五郎の到着を待ちわびている。

和助の恋

一

茅野和助《かやのわすけ》の頰が引きつっている。

季節はもうすぐ晩秋という陰暦八月末。露時雨《つゆしぐれ》のあとの湿った土の匂いのせいで気づかなかったのか、ふいに、殺気を感じた。だれかが、それも何人かが、虎視眈々《こしたんたん》と襲撃の刻《とき》を待ちかまえている……。

美作国《みまさかのくに》津山《つやま》から伊勢国《いせのくに》桑名《くわな》へ行くには、出雲《いずも》街道を東南へ下って姫路《ひめじ》へ出る。そこから西国《さいごく》街道を東へ行き、京から先は東海道。街道は宿場《しゅくば》もあり人馬の往来も盛んだが、和助は出雲街道の佐用《さよう》から山道を行くことにした。往来がまばらで歩きにくい道をあえてえらんだのは、備前《びぜん》池田《いけだ》家の領国へは足を踏み入れたくなかったからだ。

先代の死去にともない津山森《もり》家十八万六千余石の家督を継ぐことになった式部《しきぶ》衆利《あつとし》が江戸へ出立したのは七月四日だった。十二日には道中で発病したとの知らせが津山へとどいた。容態を問い合わせたり医師を送ったりしていたところが、八月十日、江戸より改易および城明け渡しの急報。つづいて第二報がもたらされ、江戸から家老がもどってくるや、驚天動地《きょうてんどうち》の出来事に騒然としていた城内は大混乱におちいった。

隣国の備前池田家が国境《くにざかい》に兵を集めて警備をかためたとの噂が聞こえてきたのは、まさに大混乱の最中である。森家の浪士が自国へ流れこむのを防ぐためだという。真偽のほどはわからぬものの、大いにありそうなことだから、和助は備前ではなく播磨《はりま》へ出るほうが安全だと考えた。

それがどうか。

八幡《はちまん》山を越え、加古《かこ》川を渡って竹林の道へ足を踏み入れたとたんの、殺気である。

担《かつ》いだ長槍《ながやり》をにぎる手に力をこめた。

三、四人であれば斃《たお》す自信があった。が、雨後の筍《たけのこ》のようにわいてくる相手では体力がもたない。通常なら疲れとは無縁の三十一歳、中背の頑丈な体軀に加えて槍の名手、自眼真流《じげんしんりゅう》居合《いあい》でも右に出る者のない腕前である。いくらでも来いといいたいところだが、ここ数ヵ月のあいだにふりかかった悲劇の数々、その衝撃と悲嘆が癒《い》えることのない心労となって和助の気力体力を減退させている。

駆け出そうか。そうおもったときにはもう四方から殺気が押しよせていた。是非もなし。ここは一戦交えるしかなさそうだ。

犬死はごめんだった。なんとしても桑名へたどりつかなければならない。

和助は国家老の密命を帯びていた。国元の家臣は津山から一歩たりとも出てはならぬとの厳命である。が、桑名にほど近い縄生《なお》村へ行き、そこで病を養っている——乱心との噂もある——式部衆利から悲劇に至った真相を聞き出さなければ、開城か籠城か決められない。

「ええいッ、何奴《なにやつ》、出て来いッ」

和助は四方にむかって吠《ほ》えた。

ガサガサザクザクと音がして、あちらにひとつ、こちらにひとつと黒頭巾《くろずきん》の頭がのぞいた。五、六人、いや、七、八人はいようか。槍を手にした者もいれば、長刀《なぎなた》をふりかざしている者も。頭巾はそろいでも着物はまちまちで、布子《ぬのこ》に裁付袴《たっつけばかま》もいれば脚絆《きゃはん》もいる。山伏《やまぶし》のようないでたちもいた。

「だれの指図だ。希《のぞ》みはなんだ」

山賊の類《たぐい》でないことはたしかだろう。返事がないところをみると端《はな》から取引をするつもりはないらしい。おそらく、狙いは和助の命ひとつ……。

式部衆利の江戸参府を妨害して森家を改易に追いこんだ者がいるとしたら、真相が明るみに出て開城に支障が出ることを何より恐れているはずだ。首謀者がだれであれ、領国にいる家臣郎党が血気にはやって式部のもとへ駆けつけることだけは、断固、阻止しようとするにちがいない。和助はまんまとその網に引っかかった、というわけだ。

長槍を肩から下ろし、体を低くして身がまえた。もとより旅装束《たびしょうぞく》、足ごしらえも脚絆に甲掛け草鞋《わらじ》だから、菅笠《すげがさ》と背にした風呂敷包さえ放り出せば戦闘態勢に入れる。間髪をいれずくりだされた敵の槍をなぎはらう、と同時に目にも留まらぬ速さで衝《つ》き出したのは居合巧者の面目躍《めんもくやく》如《じょ》、和助は勢いを駆って追っ手をなぎ散らそうとした。

はじめは優勢だった。気合をこめるたびに一人また一人と視界から消えてゆく。だが重い長槍では機敏に動けない。背後から斬《き》りかかられれば防ぎようがなかった。前後左右から矢継ぎ早の攻撃にあい、やむなく槍を捨てて長刀の鯉口《こいぐち》を切ったときはすでに肩口から脇腹、手足にも深手を負っている。斃しても斃してもわき出てくる敵を前に、腕がしびれ、目がかすみ、頭が朦朧《もうろう》としていた。

くそッ、一巻の終わりか――。

敵の正体を知らずに死んでゆくほど無念なことはない。が、その憤怒《ふんぬ》さえもおぼろになってきた。考える力が失せかけている。長刀が鉛《なまり》のかたまりのようにおもえ、膝《ひざ》ががくっと落ちた。土の匂いが鼻腔《びこう》いっぱいにひろがる。

もしこのとき、まさに天の配剤により、その男が通りかからなければ、和助は膾《なます》のように切り刻まれて、首と胴、別々に藪陰《やぶかげ》へ蹴りこまれていたにちがいない。

「何事だッ」

大音声《だいおんじょう》が響き渡った。近づいてきた足音はひとつではない。

「赤穂浅野《あこうあさの》家の所領と知っての狼藉《ろうぜき》か。やめーいッ。刀をおさめよッ」

天からふってきたような野太い声も、和助の耳にはとどかなかった。音のない漆黒の闇の底に沈んでいる。

二

目の前に光る眸《ひとみ》があった。

和助はとっさに「稚児《ちご》の眸だ」とおもった。吸いこまれそうなほど黒々ときらめいて、この世の真実を一瞬にして看破してしまいそうな……。和助の稚児は目が見えるか見えないかというころに早世してしまったのでむろんそんなはずはないのだが、このときは、まだ順序だてて考える力がもどっていなかった。ただぼんやりと見つめている。

「よかったわぁ、お気がつかはったんやねえ」

歌うような声が頭上からふってきた。

「痛いとこ、おまへんか。いややわ、痛いとこだらけに決まってました、ひどいお怪我でしたもの」

女が小さく笑ったので東雲《しののめ》色のくちびるが見え、申しわけなさそうに顔をゆがめたので日焼けしてはいるもののきめの細かな香《こう》色の肌が目に入った。

「血は止まったし熱も下がらはったようやけど、このまんまお目を覚まさなかったらどないしようかと心配で……そうやわ、旦那さまにお知らせしてきます。待っとってくださいね」

席をたつ前に和助の額におかれた手のひらは、しっとりとやわらかく、やはり稚児の肌を想わせた。心地よさに目を閉じれば、ふたたび、うとうとと睡魔が襲ってくる。

頭が働きだしたのは、そんなことが何度かあったのちだった。

ここはどこか——と、真っ先にいぶかった。なぜ床《とこ》についているのか。今はいったい何時だろう。そこまで考えるや、焦燥が一気に押しよせた。

自分は縄生村に向かっていたのではなかったか。そう、密命があったのだ。

あわてて半身を起こそうとした。が、激痛が走って体中が悲鳴をあげる。そこで、壮絶な闘いの光景がよみがえった。

襲ってきた奴らが、自分を縄生村へ行かせまいとしたのはたしかだ。となれば、彼《か》の地で忌々《いまいま》しいことが起きたのも明々白々《めいめいはくはく》。

それにしても、まさか道中で襲われるとは……。なぜ、もっと用心しなかったのか。いったいだれが……と考えて首を横にふった。怪しい向きは多々あって、だれそれと特定できないほど津山森家のお家騒動はこみいっている。

和助はこめかみを揉みながら、ざわめく胸を鎮《しず》めた。

今は、生かされているだけでありがたいとおもうべきだろう。密命である以上、混乱の最中にある城へ知らせを送るわけにはいかない。ひたすら回復につとめ、歩けるようになったら縄生村へ急ぐ。主君の身に何があったかこの目でたしかめ、その口から真相を聞いてからでなければ、次の行動は起こせない。だが、もし、危惧したような事態が実際に起こったのなら、そして改易が仕組まれたものであったのなら、そのときは、一命を賭《と》しても江戸へ上り、お上《かみ》に訴え出る覚悟である。

義を尽くさねばならぬ――。

和助は天井をにらみつけた。

さらに数日経つうちに、少しずつ状況が明らかになってきた。

ここは播磨国赤穂の城下から東北へ十四里ほど行った加東《かとう》郡穂積《ほづみ》という地で、和助が担ぎこまれたのは赤穂浅野家の飛び地にある陣屋だった。陣屋には郡《こおり》奉行で目下、郡代をつとめる吉田《よしだ》忠左衛門《ちゅうざえもん》が家族や家来と共に住んでいた。郡代は家来を引きつれて郡内をめぐって歩くのが役目だ。何者かに襲われて命を落としかけたところへ忠左衛門一行が通りかかったのは、和助にとって地獄に仏だった。

和助は長屋のひと間へ運ばれ、手厚い看護をうけた。この長屋は忠左衛門の組下の足軽《あしがる》で、忠左衛門からとりわけ目をかけられている寺坂吉右衛門《てらさかきちえもん》とせん夫婦の住まいである。律儀な夫婦は痒《かゆ》いところに手がとどくほどの甲斐甲斐《かいがい》しさで世話をしてくれたが、吉右衛門には足軽としての役目があり、せんには夫や子供たちの世話があった。そこでもう一人、自ら看病を買って出たのが――。

「これ、産んだばかりの玉子、精がつくさかい持ってけって旦那さまが……」

伊登《いと》である。歳は二十一、嫁《か》したものの嫌気がさして勝手に出もどってしまったとか。正式に離縁が決まるまで実家にこもって山鹿素行《やまがそこう》の兵学書を読みふけっていたという変わり者で、母屋《おもや》から足しげく通ってきて文句をいわれないのは下女ではなく国家老の知己《ちき》、山鹿の弟子の娘であるからしい。著名な儒学者であり、山鹿流軍学の創始者である山鹿素行は、一時期、赤穂へ遠流となっていたこともあり、故人となった今も赤穂の人々から崇《あが》められている。

「今日は何日にござろうか」

和助は伊登にたずねた。口をきくのははじめてだ。

「九月十四日におます」

「九月ッ。半月、いや、二十日以上もここにおるのか」

「ひどいお怪我してはりましたから」

血の気がひき、背すじがぞくりとした。

出奔《しゅっぽん》したときはまだ、城の明け渡しは行われていなかった。が、第一報からひと月の余が経っている。城はどうなったのか。混乱はまだつづいているのか。家臣郎党は、城下は、江戸屋敷は……なにより式部衆利の安否が気にかかる。

「どうかしやはりましたか。どこか痛むんやったら……」

伊登が心配そうに見つめていた。

「いや。ずいぶん長居をしてしもうたゆえ……」

「そうやわ。御用がおありやったんやないの。大坂でっか、それとも都」

「江戸だ」

江戸と領国なら、どこの家中でもひんぱんに行き来をしている。

「まぁ、お江戸へ行かはるとこやったんですか。どちらから？　ご家族も心配してはるんやおまへんか。早いとこお知らせしとくほうが……」

「かまわんでくれ」

つい、きつい口調になっていた。伊登は首をすくめる。

「すまぬ」と、和助は謝った。「命拾いをしたのは伊登どのの看病のおかげだ。事情があって……今はまだ話せぬこともあるが、許してくれ」

口調をやわらげると、伊登はほっとしたようにうなずいた。

「少し休む。母屋へもどったらお館さまに伝えてくれ。動けるようになったら御礼にうかがう、それまでは床の中で毎日手を合わせている、と」

「かしこまりました」

伊登は腰を上げた。もう額に手はおかない。それが和助は少しばかり残念に思えた。そうおもった自分におどろいている。

和助は数年前に妻子を亡くしていた。初子《ういご》が早世したのち、二度目のお産で妻も死んでしまった。世話をしてくれる者があって後妻をもらうつもりでいたところがこの災難、それどころではなくなった。もっとも、妻を娶《めと》るのは武士として当然のことだから、縁談がまとまろうが破れようが格別の感慨はない。

早世した妻子のことは、むろん不憫《ふびん》におもい、月命日には仏壇に線香を立てるし、彼岸には墓参も欠かさない。折にふれおもいだしてなつかしむこともあったが、一方でそういう軟弱さを戒《いまし》める自分もいた。何事も主家と主君が第一、私事にとらわれて肝心の忠義がおろそかになっては武士たる者の恥である。

ところが今、その第一の拠《よ》り所が失《う》せようとしていた。しかも満身創痍《まんしんそうい》である。知り合ってまもない女の眸に一瞬でも心を奪われ、手のひらの感触を恋しく想うのは、これまでの半生で最大の危機に立たされ、気弱になっているからにちがいない。

おれとしたことが――。

和助は自分の額に自分の手をおき、苦笑を浮かべた。


吉田忠左衛門は、堂々たる体軀の持ち主だった。顔もいかつい。年齢は五十代の後半で、鬢《びん》には白髪がちらほら。和助同様、槍の名手だというから、槍をかまえた威風に恐れをなして、和助を襲った一団は逃げ散ったのかもしれない。

風貌とは裏腹に、気さくな男でもあるようだった。和助が床の上で座るようになると、自ら長屋へ見舞いにやって来た。

「よいよい。そのままそのまま」

平伏して礼を述べようとする和助を、片手を挙げて制する。ひとにらみで狼藉者を退治したと聞いていた和助が意外におもうほど、そのまなざしは温和だ。

「どうじゃな。食欲も出てこられたとうかごうたが……」

「おかげさまで痛みも和らぎました。長々とお世話になり、皆さまには手厚い看護をしていただき、なんと御礼を申し上げればよいか……」

和助はあらためて茅野和助常成《つねなり》と名乗った。津山森家の家臣で、急用があり江戸屋敷へ行くところだったと説明しておく。どのみち森家の改易は知れ渡っているはずだから、疑いをさしはさまれる心配はなさそうだ。

「やはり、さようであったか。森家のご家来ではないかとおもうておった。こたびはまっこと、お気の毒な仕儀にござったのう。内記《ないき》さまもさぞやご心痛であられよう」

忠左衛門はひとつ頭を下げた。

内記とは森長継《ながつぐ》、津山森家の最後の当主になってしまった式部衆利――和助の主君――の父親で、三代前の当主でもある。隠居の身ではあったが、今や江戸にいるこの内記が津山森家の後始末の陣頭指揮をとっていた。

「そろそろざわついて参ったようだが……」

忠左衛門が気を使って「ざわついて」といったのは、城の受け取りを命じられた大名は軍勢を率いて乗りこんでくると決まっているからだ。万が一、反撃されたり籠城になったときの用心で、城下は物々しい雰囲気に包まれる。つまり、津山城も開城が間近に迫り、軍勢にかこまれつつあるのだろう。

「ところで、彼奴《きやつ》らはお手前の息の根を止めようとした。何者か、お心当たりは？」

「いいえ、ございませぬ」

「盗人ともおもえぬが……あれから見まわりを怠《おこた》らぬよう命じておるが、だれも怪しい者は見ておらぬそうだ。お手前を死んだと早合点《はやがてん》したのやもしれぬの」

心当たりがないといった和助の言葉を信じたとはおもえないが、忠左衛門はそれ以上、詮索をしなかった。

「だれぞに知らせるのであれば使者を立ててしんぜるが……」

「いえ、今は取り込み中ゆえ……それより厚かましい願いにはございますが、もうしばらく、ここにおいていただきたく、何卒《なにとぞ》お頼み申し上げまする」

和助が頭を下げると、忠左衛門は鷹揚《おうよう》にうなずいた。

「むろんじゃ。ゆるりと養生なされるがよい。伊登もよろこぼう。あれはいい歳をしてはねっかえりでのう、行儀作法はからきしだが、お手前の看病となると大したはりきりようらしい」

国家老と顔見知りでもある伊登には、お城の部屋子に上がる話もあったという。が、窮屈なのはいやだといって穂積の陣屋へ押しかけてきた。そんな変わり者を面白がって、忠左衛門も可愛がっているという。

「まぁ、たまには話し相手になってやってくだされ」

そういわれても答えようがなかった。家族以外の女といえば死んだ妻くらいしか口を利いたことがない堅物《かたぶつ》だから、伊登となにを話せばよいのか……。

「森家のこと、なんぞわかりましたら、ぜひとも、お教えください」

和助は話をすりかえ、今一度頭を下げた。それこそが最大の関心事である。

「承知いたした。我らの耳に入ったことは逐一お知らせいたそう」

忠左衛門は心強い返事を残して母屋へ帰ってゆく。

命の恩人の後ろ姿に、和助は今一度手を合わせた。

三

「ほら、見て見て。こないにぎょうさん。なぁ、きれいでっしゃやろ」

伊登は満開の山茶花《さざんか》を指さした。花がいっせいに咲いたのは自分の手柄だとでもいいたげに、息をはずませている。

女ざかりの輝く横顔がまぶしくて、和助は目を瞬《しばたた》いた。

杖《つえ》を使えば歩けるまでに回復している。穂積陣屋での暮らしにも慣れ、実直な人柄が質実剛健な家風の赤穂浅野家の人々にうけいれられやすかったのか、皆から和助さま和助どのと親しまれて、ともすれば主家にふりかかった悲劇を忘れてしまいそうなほど平穏な日々だった。

むろん、忘れはしない。忘れられようか。和助の胸中は平穏どころではなかった。津山へもどることも縄生村へ行くこともできない自分が歯がゆくて、日に日に焦燥が増してゆく。

忠左衛門は約束どおり、津山の様子を知らせてくれた。幕府の命により上使《じょうし》や目付《めつけ》が次々に入城、城下に兵があふれていることも、三代前の当主だった内記長継が二万石の隠居料を与えられて当主に返り咲き、息子の一人、長直《ながなお》が嫡子《ちゃくし》となったことや、家臣たちへのお救い米の嘆願書が江戸へ送られたことまで、和助の耳にとどいていた。

だれもがわが身の始末に頭を悩ませている最中だから、軽輩の和助の出奔に関心を払う者がいるとはおもえない。たとえいたとしても、早々と主家を見限って逃亡した卑怯《ひきょう》な奴と眉をひそめるのがせいぜいだろう。

和助にも親兄弟がいた。父は先々代に仕え、主君が隠退した後は自ら致仕《ちし》して川辺村《かわべ》に逼塞《ひっそく》している。息子の出奔にはなにかわけがあるのではないかと行方を案じながらも、お家に危難がふりかかっている今、私事は二の次三の次、静観あるのみ……と、己にいい聞かせているにちがいない。そういう父親である。

「うちも旦那さまみたいに歌が詠《よ》めたらええんやけど」

伊登はまだ山茶花に見惚《みと》れていた。

「ほう、お館さまは歌を詠まれるのか」

「へえ。白砂いう号もおありでっさかい。和助さまはお詠みにならしまへんの」

「ほんの、嗜《たしな》む程度だが」

「まぁ、旦那さまがお知りにならはったら、お仲間に引きこまれまっしゃろな。赤穂は武ばった者ばかりやておもわれてるようやけど、風流好きもぎょうさんいてまっさかい」

何事もなく平穏であれば、和歌や俳諧《はいかい》に精進することもできただろう。長閑《のどか》な赤穂の人々の暮らしに、和助はふっと羨望《せんぼう》を覚えた。

「歌にかまけておるひまはない。かようなときに、風流など……」

「あれ」と、伊登は不服そうな顔をした。「旦那さまはいつもいうてはります。どないなときかて風流は大事や。たとえ戦場やてそのくらい心が平らかでのうては勝てぬ、て……あ、すんまへん。かんにんしとくれやす。また、生意気なこと、いうてもうた」

伊登は首をすくめ、ちょろりと舌の先をのぞかせた。謝りはしたものの、わるいとおもっていない証拠に眸が躍っている。

忠左衛門がいったように、伊登は和助が知っている女たちとはちがっていた。小娘のような仕草や表情をするかとおもえば、妙に大人びて、肝《きも》が据わっているように見えるときもある。はねつかえりというより、なんにでも自分の考えをもっていて、それを口にせずにはいられない性分らしい。

和助ははじめのうち、伊登と話をするたびにおどろいたり気分を害したりしたものだ。母や妹、それに亡き妻も、自分の考えを述べることはまずなかった。和助も妻がなにを考えているか気にかけたことはない。それなのにいつのまにか、伊登がおもったままを口にしても不愉快ではなくなり、かえって面白いとさえおもうようになっている。今では伊登がなにをいうか、楽しみに耳を澄ませていることさえあった。

「なるほど。お館さまの仰せはもっともだ。だが、災難がふりかかったとき――生き死ににかかわる土壇場に立たされたときは、果たして、風流事など悠長に嗜んでいられようか」

いや、あの忠左衛門なら、どんなときもあわてず騒がず、歌のひとつも詠むのではないか。和助はすぐにそうおもいなおした。信念は曲げないが他人には寛容で、折り目は正しいが洒脱なところもある忠左衛門に、和助は敬慕の情を抱きはじめている。

「お館さまは器が大きい。拙者とは大違いだ」

苦笑いをすると、伊登は首を横にふった。

「そないなことおまへん。うちにはわかります、和助さまも『大丈夫』やて」

「大丈夫……」

「へえ。いつも平常心で広い心をもってはるお人のことやわ。山鹿素行先生の御本に書いておます」

「そうか。伊登どのは博学だのう。しかし拙者は……」

「酷《ひど》い目にあわはって死にかけたのに、平然として、ちっとも怖がっていやはらへん。それに、お家まで失《の》うなってしもうたのに泣き言もいわず……」

「お館さまから聞いたのか。いかにも。森家は改易になった」

「帰るとこも失うなってしもうたんやねえ。お江戸にゆく、いうてはったんは、お身内がお江戸にいやはるからにおますか」

「江戸へはもう、行く意味が無《の》うなった。実は拙者の両親は川辺におっての……」

「川辺？」

「津山城近郊の村だ。父は隠居の身、慣れぬ手で鍬《くわ》をにぎっている」

「まぁ。それやったら、えらい心配してはりまっしゃろなぁ」

事が密命であるだけに、頓挫《とんざ》したからといって文を送るわけにはいかない。なぜなら、家臣たちそれぞれの立場やおかれている状況がつかめないからだ。忠左衛門に使者を送ってやろうといわれたとき断ったのも、そのためである。

だが、川辺村の父へ知らせる方法なら、あるのではないか。伊登にいわれて、和助はおもいついた。

「伊登どの。たのみがある。だれにも内緒で」

自分のかわりに川辺村へ文を送ってもらえぬかとたのむと、伊登は二つ返事でうなずいた。内緒で、といわれたことがよほどうれしかったのか、頰を染め、すぐにも硯箱《すずりばこ》と紙を取りに駆けだしそうだ。

「和助さまはお怪我をしやはって、穂積の陣屋で養生してはる。せやけどご心配にはおよびまへん、て、そないに認《したた》めればええんやね」

「もうひとつ、式部さまの消息をぜひともお教え願いたい、と書き添えてくれ」

「式部さま？」

「それでわかる。式部衆利さま、拙者の主君だ」

伊登はうなずき、それから考える目になった。

「お怪我が癒えたら、和助さまは川辺村へお帰りにならはりますの」

「さぁ、今はなんとも……仕官の口が見つからなんだら、寺小屋でも開くか。いや、学問より槍を教えるほうが性に合《お》うているやもしれぬ」

「それやったら、旦那さまにたのまはったらええわ。赤穂のお殿さまは武芸がお好きやさかい、仕官が叶うかもしれまへん」

「めっそうもない。さようなこと、お館さまがお困りになられる」

「なんでやの？　寺坂吉右衛門さまかて、はじめは旦那さまのご家来のお一人やったそうやわ。けど旦那さまの口利きで、今はれっきとしたご家臣にとりたてられたって。寺坂さまのお父上は、赤松《あかまつ》家のご浪士から浅野のご家臣にならはったんやて」

「よう存じておるのう」

伊登が熱をこめていうのは、和助に赤穂に留まってほしいからだろう。和助も、伊登や忠左衛門と別れる日のことは考えたくなかった。が、一方で、この安穏な暮らしに心地よさを覚える自分を恥じてもいる。

ともあれ今は、わが身の振り方を考えるときではなかった。杖なしで歩けるようになったら、なんとしても式部衆利に会わなければならない。そのときまだ縄生村にいるかどうかはわからないが、式部の口から直々に、召し放すゆえ好きにせよと告げられるまでは、勝手なふるまいはできない。それが主君を頂く武士の矜持《きょうじ》でもあった。

「伊登どのが拙者の身を案じてくれるのはうれしいが、今は為すべきことがある。さ、早《はよ》う、文をたのむ」

伊登を体よく追い払うことで、和助は、ともすればゆるみがちな心を引きしめようとした。それでいて、山茶花の木の下にたたずんだまま、薄紅色の花びらに頬を染めた伊登の面影をかさねている。

四

その犬は崖下に倒れていた。白い腹がひくひく動いているのはまだ生きている証《あかし》だ。ときおりもがいて四肢をばたつかせるものの、前足が奇妙な形の鉄の板のようなものにはさまれていて動かない。仕掛けられたまま忘れられていた罠《わな》にかかってしまったのか。痛みのあまり七転八倒して崖から転げ落ちたのだろう。

忠左衛門は肩にかけていた縄を解いて、片端を大木の幹に結びつけた。

「よもや、あの犬を助けるおつもりではないでしょうね」

和助の声にはおどろきと非難がこもっていた。生類憐《しょうるいあわれ》みの令が次々に発布されたおかげで犬は今や厄介者だ。下手にかかわれば人様のほうが災難をこうむる。ここは将軍家のお膝元ではなく赤穂浅野家の領国だから江戸ほどではないにせよ、触らぬ神に祟《たた》りなし、気づかぬふりをして通りすぎるのが賢明ではないか。

忠左衛門は縄のもう一方を自分の腰に巻きつけた。

「苦しんでおるものを捨ててはおけまい」

穏やかな口調でいい返されて、和助ははっと背筋を正した。忠左衛門がそういう人間であったればこそ、自分も命を救われたのではなかったか。

「拙者もお手伝いいたします」

「うむ。羽織《はおり》にくるんで縄に結わえるゆえ、引き上げてくれ」

「承知いたしました」

このところ、足ならしをかねて、忠左衛門が陣屋の周囲をめぐる際、同行させてもらうことにしていた。まだ杖を手にしているので足手まといになるのではないかと和助は案じたが、森家の近況を知らせるにも都合がよいからと忠左衛門自ら声をかけてくれる。

この日も二人は陣屋の裏山の杣道《そまみち》を歩いていた。切り立った崖の上に小さな祠《ほこら》があって、道祖《どうそ》神《じん》が祀《まつ》られている。手を合わせたところで犬に気づいた。

忠左衛門は首尾よく犬を崖下から助け上げた。和助も地面に腰を落とし、縄を引いて犬の救出に貢献した。馴れた手つきで罠をはずしてやる。

「ほう。手際がよいのう」

「何奴の仕業か、中野《なかの》でも似たような目におうた犬が一度ならず運ばれて参りました」

「そうか。津山森家は中野の御犬小屋の築造を受け負うたんじゃったの」

「あれは地獄にございました。あのおかげで当家は疲弊したばかりか、多大な借財も背負いこんでしまい……」

「しかし、お若きご当主の見事なお働きで完成に漕《こ》ぎつけたと聞き及んでござる」

「完成はいたしましたが、ご病弱の上にご心労が重なってご逝去され……それゆえこたびのごとき仕儀に相なりましてございます」

「ご逝去されたのは先代の美作守《みまさかのかみ》さま、改易の憂き目にあわれたのは次なる式部さまではなかったか」

「さようにはございますが、実は、式部さまも御犬小屋築造の総奉行をされておられました」

「なるほど。それゆえそなたも……」

「災難などとひと口に申せるものではございませぬ。それは壮絶な……手前も主の苦難のほどを目の当たりにして参りましたゆえ、どうも犬には遺恨がありまして……つい、疫病神のようにおもうてしまうのでございます」

「そういうことなれば、のう、おぬしもよほど礼を申さねばならぬぞ」

忠左衛門の最後の言葉は、助けた犬に向けたものだった。犬はぐったりと目を閉じている。が、罠をはずしてもらい、血止めの布も巻いてもらって、とりあえずは危機を脱したように見えた。


御犬小屋というのは、生類憐みの令の一環として将軍の意向で江戸郊外中野村の地に築造された、野犬を収容するための広大な施設である。一昨年の元禄《げんろく》八年十月に沙汰が下るや、普請を命じられた津山森家と丸亀京極《まるがめきょうごく》家は想像を絶する苦難を背負いこむことになった。

このときの森家の当主は美作守長成《ながなり》で、総奉行に任じられたのが和助の主君の式部衆利だった。森家の割り当て分の十二万余坪に御犬小屋を造るには、延べ百万近い人手が必要で、資材から賃金まですべてが森家の費《つい》えとなる。莫大な出費と急かされる期日、しかも扱いにくい数多《あまた》の犬たちに、美作守も式部もどれほど悩まされたか。先代美作守の早世と当代式部の発病、相次ぐ不幸は、森家内部のお家騒動もさることながら、この御犬小屋築造というとんでもない出来事が一因だったと和助は考えている。

「わが森家は不運つづきにて……だとしても、それは犬のせいではございませぬ。犬に八つ当りをするなど、拙者、お恥ずかしゅうござる」

和助が反省の辞を述べると、忠左衛門は一瞬、鋭い目になった。

「さよう。犬に罪はない。責められるべきは犬をあやつる人間だ。犬、ならぬ人を……いや、それはともあれ、城受け取りのご上使が江戸を出立されたそうじゃ。城明け渡しは十月十一日と定まったそうでの……」

鋭さはあっという間に消えて、後半はいたわりの目にもどっている。

和助は棒立ちになった。開城は予想していたことだ。今日か明日かと覚悟していたが、いざ眼前に迫ったとなるとやはり胸にこみあげるものがあった。

忠左衛門にもそのおもいは伝わったようだ。

「まこと、城のだれぞに使者を立てずともようござるか。開城となれば、皆ちりぢりになってしまうぞ」

「ご配慮はかたじけのう存じまするが、こたびのこと、己の口にて説明いたしたく」

すでに父のもとには、伊登が知らせを送ってくれている。

「さようなれば差し出口は慎《つつし》もう。ただ、津山からの客人はおらぬかと訊き合わせて参った者がおるそうゆえ……」

和助は目をみはった。

「拙者のことをだれかが捜していた、ということにございましょうか」

「そうらしいの。村の者の話ゆえ、くわしゅうはわかりかねるが……」

犬をつれ帰って手当てをしてやろうと忠左衛門は腰を上げた。

「わしは登城せねばならぬ。しばらく留守にいたすゆえ、こいつの世話を頼む。わからぬことは伊登にたずねるがよい」

「は、はぁ……」

「狼藉者の正体はいまだ知れぬ。くれぐれも用心することじゃ」

大兵《だいひょう》の忠左衛門のたくましい腕の中に、犬はちんまりとおさまっている。

あとについて歩きながら、和助は不安が高まってくるのを感じていた。

五

坪井権太夫《つぼいごんだゆう》なる武士が和助を訪ねてきたのは、忠左衛門が登城のために赤穂へ出かけた翌日の十月六日だった。

その名に心当たりはなかったが、可児又右衛門《かにまたえもん》や若林平内《わかばやしへいない》、横川勘平《よこがわかんぺい》など式部衆利ゆかりの家臣の名を並べ、さらには式部が縄生村で発病した際に津山から駆けつけた医師の書状まで持参していたことから、和助は迷った末に面会を決めた。伊登が川辺村にいる父親に和助の居所を知らせた文を見て権太夫が飛んできたのなら、それこそ、待ち望んでいた式部衆利の近況が聞けるかもしれない。

権太夫は、和助より四つ五つ年上か、瘦《や》せて貧相な男だった。落ちくぼんだ眼窩《がんか》の中の斜視気味の目で和助を長々と観察した上でひとこと、

「主君のご無念、晴らすべし」

と、押し殺した声を発した。

和助は首をかしげる。

「主君とは式部さまの御事にござろうか」

「むろん。だがそれがしの主君、美作守さまの御事でもある」

「先代さま当代さま、お二方の……」

「さよう。お二方のご無念あまりある死、黙って見すごせようか」

美作守長成が六月二十日に病死したことは知れ渡っていた。が、式部衆利は江戸へ向かう途上の縄生村で発病し、それがために改易、城明け渡しとなったものの、その後のことは伝わっていない。だからこそ、和助は真相を探るという密命を帯びて縄生村へ向かおうとしていたのである。

「よもや、式部さままで、ご逝去遊ばされたと？」

おどろきを隠せず上ずった声で問い返すと、権太夫は口をへの字にまげてうなずいた。

「縄生村にて亡《の》うなられた」

「信じられぬ。しかしさようなる話はいずこからも……」

「尋常な死に方ではなかったそうな。お医師の見立てでは、毒を……」

「なんとッ」

和助は絶句した。もっとも、まったく予想しなかったわけではない。病弱だった美作守長成はともあれ、津山城を元気に出立した主君が道中で突然発病するなど、あまりに不自然である。

「しかし、それならそうと……」

「公にいたさばどうなる？　大隠居さまは、城・領国を失っても、せめて森家の名だけは遺そうとお決めになられた。それゆえ、すべては闇に葬《ほうむ》るご所存だ」

お家騒動が公儀に知られれば、家名存続すら叶わなくなる。実際、お家騒動が発覚して改易になる大名家は近年、増えつづけており、汚名にまみれた浪士は再仕官もままならない。清和源氏《せいわげんじ》の末裔《まつえい》として織田信長《おだのぶなが》に重用され、さらには豊臣《とよとみ》家、徳川《とくがわ》家の家臣となって名をつないできた由緒ある森家としては、家名の存続こそが最後の砦とみなされたのだろう。

「では下手人《げしゅにん》にはお咎《とが》めなしか。式部さまは泉下で歯ぎしりしておられようの」

にわかにこみあげてきた怒りに、和助は身をふるわせた。

権太夫は膝を進め、ぐいと上半身を乗りだす。

「それゆえ、われらでご無念を晴らすのだ」

そもそも森家のお家騒動というのは、大隠居と呼ばれる内記長継の嫡男である忠継《ただつぐ》が早世してしまったことからはじまった。本来ならその嫡子、つまり内記の孫の長成（のちの美作守）が家督を継ぐはずだったが、幼少のため忠継の弟の長武《ながたけ》が中継ぎとなり、長成が十六になったときに家督を返上する約束が交わされた。ところがこれを不満として、長武は様々に抵抗を試みる。内記や長成方との対立が深まっていった。

結局、家督は返上され、美作守長成が津山森家の当主となった。長武はその後もあれこれ画策していたようだが、道半ばで昨年五月に逝去した。これで不穏な空気は一掃されたかに見えたが、この六月に長成が早世すると、再び後継者問題が浮上した。内記が式部衆利を長成の養嗣子《ようしし》と定めたことで一応の落着をみたものの、この前後、様々な憶測が流れて、またもやお家騒動が勃発しそうな気配だった。

「われらが敵は、主殿《とのも》さまと奸臣《かんしん》の横山悪少輔《よこやまあくのしょう》」

権太夫は左右に目を走らせ、いちだんと声をひそめる。

「やはり、さようであったか」

「それゆえ毒と申した」

主殿とは先々代・長武の弟で養嗣子でもあった主殿長基《ながもと》、奸臣とは長武の側近だった横山悪少輔である。もちろん悪少輔は本名ではない。名もない浪人者が寵臣《ちょうしん》に成り上がり専横をきわめたことから、豊臣家の佞臣《ねいしん》、石田治部少輔三成《いしだじぶのしょうみつなり》に重ねて「悪少輔」と呼ばれている。

権太夫によると、大隠居の内記長継は、昨年来、不調法の科《とが》で津山にて謹慎となっていた主殿長基を、こたび江戸へ呼びよせることにしたという。これ以上、奸計をめぐらさぬよう、なによりお家騒動が公になることを恐れていたから、自分の膝元において目を光らせることにしたのだ。なんだかんだいっても、主殿もわが子の一人である。

「なれど、われらはそれでよいのか。指をくわえて見ておるだけで」

権太夫の左右わずかに焦点のずれた視線が、にわかに凄《すご》みを帯びたように見えた。

江戸屋敷へ入ってしまえば手が出せない。式部衆利の仇《かたき》を討つなら、江戸へ向かう道中が唯一の好機だ。

「開城間際でごたついておるゆえ、供侍はごく少人数のはずだ。まさか西国街道で討手に襲われるとはおもいもしないだろう」

待ち伏せして油断をつき、一気に斬りこむ。たしかにこれ以上ない策ではあったが、一方で、自らの命を捨てる覚悟のもとにのみ成り立つ策ともいえた。たとえ事を成し遂げたとしても、その場で供侍に斬り捨てられるのは必定。生還は万にひとつも叶わぬばかりか、改易に苛立った家臣の乱心騒ぎとして片づけられてしまうかもしれない。

ざわざわっと悪寒が走った。さほど遠くないいつか、どこかで、これと同様の違和感を覚えなかったか……。

それでも、否とはいえなかった。

なぜなら和助は式部衆利の家臣で、家臣は主君の無念の死を見過しにはできないからだ。もし、真相を知りながら自分ばかりがのうのうと生きのびたとしたら、余生は塵芥《ちりあくた》のごときものになってしまうにちがいない。

「やるか」

「おう、やろうッ」

「よし。さればもそっと近《ちこ》う……」

二人は額を合わせ、仇討の相談をはじめた。

主君のために命を捨てる――。

そのことに迷いはなかった。どのみち、縄生村へ向かっていたあの日、もし忠左衛門が通りすがりに助太刀をしてくれなかったら自分は死んでいたのだから。

足はまだ不自由だった。が、ほんの短い距離を、たった一度だけ突進することならできる。死ぬ気になれば、そのくらい完璧にしてのける自信があった。

では、勇んで出立すればよい。

ところが現実は正反対だった。

和助を惑わせ暗澹《あんたん》とさせていたのは、胸の奥にくすぶっている権太夫への違和感でも、ましてや自分自身の生への執着でもなかった。大恩ある忠左衛門に別れも告げずに逝《い》ってしまうこと、そして――これが最大の苦しみなのだが――伊登ともう会えない、という事実である。今このときになって、和助は自分がどんなに伊登を愛しくおもっているか、悟ったのだった。

それにしても、なぜこうまで伊登に惹かれるのか、自分でもわからなかった。わからないながらもひとついえるのは、伊登といるとのびやかな気持ちになれる、ということだ。それは己を偽ったり心をゆがめたりしないですむ、ということだろう。

伊登がいったように、赤穂浅野家の人間として暮らすことができたなら、どんなに幸せか。仕官が叶わなくてもよい。領国の片隅で寺小屋を開き、でなければささやかな道場を営んで生計をたてる。いや、父のように鍬を手に畑を耕してもよい、もし、かたわらに伊登がいてくれるのなら……。

「馬鹿ッ。和助、おぬしはいつから小人になり果てた。主君が奸人に殺《あや》められたのだぞ。苦悶のうちに息絶えたのだぞ。それを知った以上、怨《うら》み晴らさでなんとする」

和助はこぶしで力いっぱい床板を叩いて己を叱咤《しった》した。食欲も失せ、眠りも浅く、悶々《もんもん》として翌朝を迎える。

主殿長基の一行は十月七日に津山城を出立すると聞いていた。吉井《よしい》川沿いの道を南へ下って、備前池田家の領内の福岡《ふくおか》村で西国街道へ入るはずだ。片上宿《かたかみしゅく》、三石宿《みついし》あたりまでは手が出せない。が、赤穂浅野家の領内へ入れば、多少とも緊張がゆるむにちがいない。

権太夫は正条《しょうじょう》宿の東、正条川と下正条川にはさまれた西構《にしがまえ》村を仇討の舞台にえらんでいた。こちらは端から命を捨てた身、逃げることなど考えていないし、前後が川なら赤穂浅野家の武士がただちに助っ人に駆けつけるわけにはいかないからじゃまが入らないというのが権太夫の弁である。

津山城から西構村まではざっと見積もって二十余里。急ぎ旅ではなし、川沿いの道には難所もあるので、おそらく途中二泊か三泊して、一行が西構村へ到着するのは早くて九日、遅ければ十日だろう。

権太夫は早手まわしに、西構村の街道沿いに待ち伏せ用の小屋を借りうけていた。和助は足がまだ不自由なので、明朝、陣屋を出て、余裕をもって西構村に向かうことにした。仇討の――つまりは死出の――旅に余計な物はいらない。長槍ひとつ担いでゆくだけだから、準備の必要もない。

あとは伊登にどう話すか。

むろん真実は話せない。が、なにもいわずに逐電《ちくでん》してしまっては、後々まで悔いが残るような気がした。心をこめて看病をしてくれた伊登、川辺村へ文を書いてくれた伊登、なにより自分の頭で考え素直に意見を述べる女なら、こそこそ逃げ出すような男は願い下げだろう。伊登に幻滅されることだけは耐えられない。

せめて、別れを告げよう――。

和助は伊登を誘いだすことにした。

「まぁ、こないなとこに祠があるやなんて、知りまへなんだわ」

伊登は祠の前にしゃがんで道祖神に手を合わせた。

「先だっての犬は、この崖の下で死にかけておったのだ。誤って罠にかかってしもうたのだろう」

忠左衛門の果敢な救出劇について語ると、伊登はくすくす笑った。

「見てられへんのやわ。人助けとなるとお歳忘れてしまわはる。ご家老さまかてあきれてはりました、忠左は捕らえた間者に土産《みやげ》もたせて帰してまう奴だ、なんて仰せにならはって」

「拙者もお館さまのおかげで命拾いをした。どれほどありがたくおもうているか、できることならおそばにいて恩返しをしたきところだが……」

忠左衛門が帰館したらくれぐれもよろしゅう伝えてくれと頼むと、伊登はさっと顔色を変えた。すっくと立ち上がる。

「なんで、ご自分でいわはらへんのや」

射るような視線を向けられて、和助は目をそらせた。

「行かねば、ならぬのだ」

「行くってどこへ……津山へ帰らはるんですか」

「いや。津山へは帰らぬ」

「ほんならどこへ、どこへ行きますのん」

こうなることはわかっていた。行先をいわずに出立することはできないと、重々承知している。

「実は、さる御仁が江戸へ行かれることと相なった。ちょうどよき機会ゆえ、街道でお待ち申し上げて、お供つかまつることにした」

「江戸へは行かへん、いうてはりました」

「行かぬつもりだった。が、状況が変わった。為さねばならぬことができたのだ」

「その御足ではご無理やわ」

「大事な御用ゆえ駕籠《かご》も許されるそうだ。伊登どのが案じることはない」

「けど、けど街道へ出るまではどうしやはるのや。また狼藉者にあうかもしれまへん。お一人で、もし襲われはったら……」

伊登の目がうるんでいた。必死で引き止めようとしている。

「伊登どの……」

「うちは……うちは和助さまがはじめてお目を覚まさはったときから……そうやわ、なんでかわかりまへんけど……和助さまのお目を見たとき、このお人はなんてまっすぐな、きれいな目をしてはるんやろう、て……ほんで、ほんで……」

では、和助が伊登の目を見て「稚児の眸だ」と思ったあのとき、伊登も和助の目の中に惹かれ合うなにかを見つけていたのか。

和助は胸がつぶれそうだった。伊登を抱きしめて、おまえをおいて行くものか、これからはずっと一緒だ、といってやれたら……。むろん、そんなふうに正直な気持ちを言葉や態度にあらわすことは自分には生涯できないだろうし、その前に、そもそも自分がどうしたいかなどと考えることは許されない。

何事も、主君あっての武士である。

「拙者は、若輩者だが、それでも武士の端くれだ。主君に忠義を尽くすことが武士の本分と心得る。おそらくお館さまもおわかりくださるはずだ」

和助の噛《か》んでふくめるような口調は、自分自身にもいいきかせるためだった。

伊登の目の縁から盛り上がった涙がひと筋、頰をつたい落ちる。

「和助さまのご主君いうのんは、式部衆利さまにおますか」

「いかにも。しかし式部さまは縄生村にて亡うなられたそうだ。拙者がこれより為すことは、その式部さまのご遺志でもある」

伊登は賢い。ここでいいかげんなごまかしをいうつもりはなかった。西構村での騒動が耳に入ったとき、伊登は今の言葉を反芻《はんすう》して、和助の真意に気づいてくれるはずである。だれになんと誹謗《ひぼう》されようとも、伊登さえ自分の暴挙が忠義に基づくものだと理解し、そのことを忠左衛門に話してくれるなら、おもい残すことはない。

「昨日、どなたか訪ねてみえたと聞きました。和助さまはそのお人からご主君のご遺言を聞かはった。せやさかい江戸へ行かはる、いうことやね」

「そういうことだ」

「わかりました。それやったら、うちはもうなにもいわしまへん。けど、ひとつだけ、約束してもらえまへんか」

「拙者にできることなら」

「お江戸で御用を終えたら、ここへ、帰ってきてくだはるって」

和助は息を呑んだ。それはできない。自分は江戸ではなく黄泉《よみ》の国へ行くのだから。だが、今ここでそれをいったらどうなるか。

「……できれば、そうしよう」

「ほんまにほんま」

「他に、帰るところはない」

伊登はよろこぶかわりに顔をくしゃくしゃにした。もしかしたら、伊登は気づいているのではないか、この別れが尋常の別れではないということに……。

ふいに、胸が熱くなった。

「伊登……どの」

和助は伊登を抱きしめた。自分のように武骨で堅物の朴念仁《ぼくねんじん》が、周囲に人けがないとはいえ白昼、女と抱き合うなど天地がひっくりかえったとしかおもえなかった。それでいて、はじめて伊登の眸を見たあの瞬間から、自分はこのときを待っていたのだ、ともおもった。上物とはいえないごわついた袷《あわせ》に包まれた体は、女の丸みが消されているぶん、かえって和助の胸を昂《たかぶ》らせる。

「伊登どの、拙者は……」

「約束して。きっと、帰ると、ね、約束してえな」

腕の中でくりかえす伊登のくぐもった声を聞きながら、和助は、まともに顔さえ見たことがなかった亡き主君と今たしかなぬくもりを伝えてくる伊登とのあいだの測りがたい重さのちがいに茫然《ぼうぜん》としていた。

六

かつては川越え人足の休憩所でもあったのか、西構村のその小屋には黴《かび》臭い夜具と水瓶、七《しち》輪《りん》がそなえてあった。安物の魚油《ぎょゆ》は煙いし臭いのでよほどのことがなければ使われないものの、部屋の隅には、魚油らしき濁った油を満たした行灯《あんどん》もおかれている。

寒風の吹く中、和助が杖を頼りにやっとのことでたどりついたとき、権太夫はひと間きりの板床にあぐらをかいて燗酒《かんざけ》をちびちび舐《な》めていた。かすかな異臭は、まだ点火されていない魚油ではなく、権太夫の体から立ちのぼっているようだ。

「川向こうの正条宿がにぎわっておるゆえ、ここには木賃宿《きちんやど》もない。ま、そいつが狙い目での、我ながら良き場所を見つけたものよ」

権太夫は斜視眼を瞬《またた》き、上目づかいに和助を見た。

正条宿には丸屋や満田屋といった脇本陣の他にも大小の旅籠《はたご》があるので、西からやって来た旅人は川越えの手配もそこで頼む。一方、東から来た旅人も手前の鵤《いかるが》村の宿場に泊まってしまうため、往来が多いわりに西構村は寂《さび》れていて、簀《す》の子《こ》に草鞋や提灯《ちょうちん》を並べた店が一軒あるきりだ。

「川越えをしておるところを見れば数も備えも一目瞭然。物陰にひそんで行列が動きだすのを待ち、赤穂浅野の家臣を装うて近づく。おぬしは長槍ゆえ、主殿さまのお駕籠をやってくれ」

「おぬしは……」

「手向う奴らを引きつけて、手当り次第にやっつけてやる」

主殿以外に目を向けるなと権太夫は念を押した。

「さぁ、呑め呑め。明日のため英気を養《やしの》うておこうぞ」

権太夫には仲間がいて、主殿一行が西国街道へ到着したら知らせをよこす手筈《てはず》になっているという。

「仲間がいるとは聞いておらぬぞ」

和助は眉をひそめた。これは、権太夫と自分が各々主君の無念を晴らす弔《とむら》い合戦だ。山賊や破落戸《ごろつき》のように徒党を組んで行列を襲うつもりはない。

「それがしの手下だ。よけいな手出しはさせぬゆえ心配無用」

権太夫は和助に盃をもたせて、なみなみと酒をそそいだ。

二人はしばらく酒を酌み交わし、七輪で焼いた魚を食べて四方山《よもやま》話に興じた。が、どちらも互いの素性については訊かない。死出の旅に発つ者同士、生い立ちを語り合っても無意味だとわかっているからだ。この世の未練になるものは忘れ、今は怒りをかきたてる話のみをする。そのためにも和助は、毒殺されたという式部衆利の最期について知りたかった。が、権太夫は巧みにはぐらかそうとする。

「あとにしてくれ。酒がまずうなる」

そのうちに鼾《いびき》をかいて寝てしまった。

和助はこの夜も眠れなかった。体は疲労困憊《こんぱい》しているのに頭が冴えている。

前の晩も伊登を想ってまんじりともしなかった。祠の前で抱き合ったときの昂りがよみがえってどうにも眠れず、いっそ母屋へ夜這《よば》いしようかと何度も身を起こしかけた。勝手な妄想かもしれないが、伊登もそれを待っているような気がした。もし待っていなくても、伊登が自分を拒むとはおもえない。今生の別れに契《ちぎ》り合い、互いの思い出を体の隅々《すみずみ》まで刻みつけることができたなら……。そう願う一方で、それを知ったときの忠左衛門の反応が恐ろしくて腰が引けてしまった。恩を仇《あだ》で報いたとおもわれては一生の不覚である。

伊登の顔を見るのが辛かったので、和助は東の空が白むや長屋を忍び出た。野辺《のべ》の道には霜が降りている。かじかんだ手足をけんめいに動かし、杖をつきながらの旅は予想以上にきつかった。穂積陣屋で安穏と養生していたせいで、体が鈍《なま》っているようだ。

明日は一日、腕を鍛えねばならぬの――。

和助は闘志をかきたて、伊登の面影をふりはらった。

翌日、権太夫は手下からの報告を聞くために川向こうの正条宿まで出かけていった。

「この世の名残《なご》りだ。存分に遊ぼうではないか」

ついでに宿場女郎《じょろう》を買うつもりらしい。おぬしもどうかと誘われたが、和助は断った。今生最後の一日になってまで武士の矜持にこだわるつもりはなかったが、ふりはらおうとすればするほど伊登の黒眸勝《くろめが》ちの目が浮かび、まるでかたわらにいるようにおもえた。伊登の視線をあびながら女郎を抱くことはできない。

もしこのとき、権太夫と女郎宿にしけこんでいたら、あの罠にかかった犬同様、和助は崖下に転落していたかもしれない。

穂積から西構村へやって来たとき、和助は長槍の鍛錬にうってつけの葦原《あしはら》を見つけていた。西国街道とちがって往来が少ないので、長槍をふりまわしても見とがめられる心配はなさそうだ。

明日は命を捨てて主君の仇討をする。機会は一度きり、しくじるわけにはいかない。今こそ得意とする長槍で敵を仕留めようと和助は気負っていた。四肢を脱力させ頭を空っぽにして丹田《たんでん》に力をこめる。足の裏に大地を感じ、深く息を吸って目を閉じ、一気に衝き出す。

と、そのときだった。

「和助さまッ」

伊登の声がした。

空耳だと和助はおもった。ところが目を開けると、野道を小走りに駆けてくる伊登が見えた。手甲《てっこう》脚絆に甲掛け草鞋という旅装束である。

「伊登どのッ。いかがした」

何事かと息を呑む。

「よかったわぁ。会えなんだらどないしようかって、心配で心配で……」

伊登は息をはずませ、和助のかたわらへやって来た。蒼《あお》ざめたくちびると見開かれた目が事の重大さを物語っている。ふところを探り、和助に封書を差しだした。表には和助の父の字で「赤穂浅野家穂積陣屋内　伊登様」とある。

「式部衆利さまは津山へもどらはったそうや。開城後は浅口《あさくち》の片島《かたしま》村いうとこへ行かはるて、書いておます」

「式部さまが、ご存命だと」

「へえ。せやさかい、急いでお知らせしようと……」

権太夫の話では、式部衆利は毒殺されたことになっていた。だからこそ主君の無念を晴らす謀《はかりごと》に和助も加わることにしたのである。もし、それが偽りなら――。

和助は父の文を読み終えるや、胸に手を当てた。ざわめきを鎮める。

「ようとどけてくれた。礼をいう」といったところで、けげんな顔になった。「なにゆえ拙者が西構村にいるとわかったのだ」

「昨日、寺坂さまにあとをつけてもらいました」

「なんだと」

「そのお体やし、もし街道へ出る前に歩けんようになったら凍え死んでしまいます。せめて無事に街道へ出るまで見とどけてほしいと寺坂さまに……」

寺坂家で養生している。出てゆくところを気づかれ、あとをつけられた。それはともあれ、道中でつけられていることに一度も気づかなかったとは……なんたる不覚かと和助は舌打ちをした。

「寺坂どのは、拙者の行先を見とどけて穂積へ引き返されたのだな」

「へえ。今もそこまでごいっしょに」

吉右衛門はひと足先に赤穂城へ向かったという。

「何度も行き来してまっさかい、うち、お城やったら独りで行かれます」

吉右衛門を先に行かせたのは、和助と二人きりで話をしたかったからだろう。

和助はそれどころではなかった。顔色を失っている。

「今すぐ寺坂どのを追いかけ、共に城へ行け。お館さまに事の次第をありのままにお話しするのだ。それから、よいか、伊登どのは一歩も城を出てはならぬぞ」

伊登は不服そうな顔をした。

「和助さまはどうなさるのですか」

「西構の宿へもどる」

「ほんならうちも……」

「ならぬッ」和助はおもわず伊登の腕をつかんでいた。「江戸へは行かぬ。どこへも行かぬ。用をすませたら伊登どのを迎えにゆく。それゆえ城で待っていてくれ」

今や企《たくら》みの全貌が見えかけていた。権太夫は、主殿長基に江戸へ行ってもらっては困るわけがあるのだろう。和助に主殿の息の根を止めさせ、罪をかぶせてその場で成敗しようと企んでいるのだ。そうすれば自分は無傷のままで、主殿と和助、二人を同時に始末できる。

そう。これは罠だ――。

「よいか伊登どの、信じてくれ。おれは死なぬ。生きて、伊登どのに逢いに行く」

和助は伊登の目を見た。

伊登はうなずいた。急げと追い立てられて、小走りに駆け去る。

権太夫。そっちがその気なら、見てろ、こっちも裏をかいてやるからな――。

和助は長槍を担ぎ、何食わぬ顔で西構村の隠れ処へ帰って行った。

事態が急転したのは、それから一刻もたたない黄昏時《たそがれ》だった。

「おう、たっぷり名残りを惜しんだか」

和助は酒を呑んでいるふりをして権太夫を迎えた。魚油の臭い……いや、権太夫が入ってきた瞬間に感じたこのかすかな異臭こそが初対面での違和感、さらにいえば、あの竹林で立ちのぼってきた殺気ではなかったか。

「おぬしもどうだ」

顔を上げたとたん、権太夫の鋼鉄《はがね》のような踵《かかと》が頬にめりこんだ。和助は仰向けにすっ飛び、頭から床に倒れこむ。

「う、なんのまねだ」

「そいつはこっちが訊きてえな。謀《たばか》りやがってッ」

「なにをいっておるのか、さっぱり……」

口中の血臭に顔をゆがめると、今度は腹に蹴りがきた。

「女にどこまで話した」

和助は凍りついた。権太夫の仲間のだれかが、和助と伊登が話しているところを見ていたのか。はじめから見張っていたのだろう。

「伊登とかいったな。おまえに文を見せた……見せにきたわけはわかっている」

では、権太夫は文を読んだのだ。和助は文を読んだあと、伊登に返していた。表書きが伊登になっているから、自分の身になにかあったとき伊登を巻きこみたくなかったことと、赤穂城で忠左衛門に話をするときに文があったほうがよいと判断したからだ。それが仇になった。

「伊登をどうしたッ。まさか伊登を……」

「炭焼き小屋に放りこんである。息の根を止めるは容易《たやす》いが、ま、あわてて手を汚すこともあるまい。放っておけば凍え死ぬ」

「伊登は、伊登どのは赤穂浅野家のご家老さまの知り人だぞ。お奉行も大切な客人として遇している。伊登どのの身になにかあれば、おぬしら、ただではすまぬぞ」

「女が生きのびられるかどうかはおぬしの働きにかかっている。安心しろ。こっちとしても赤穂を敵にまわしとうはないからの。おぬしが約束どおり主殿さまを仕留めれば、厄介事の種は不要になる」

伊登を殺せば赤穂浅野家が黙っていない。野狩りをして狼藉者をあぶりだすにちがいない。一方、和助が乱心して主殿を殺めたというだけなら、津山森家の家中の騒動である。赤穂浅野家は見て見ぬふりをするはずだ。

「わかった。式部さま毒殺の真偽は問うまい。開城は目前、なれど城中はいまだ恭順か抗戦か揉めておるようだ。おれも、弔い合戦をやってやる」

「その言葉、偽りではなかろうの」

「今さら惜しむ命ではなし。ただし伊登どのは……」

「おぬしが主殿さまを仕留めたら逃してやるさ」

これればかりは権太夫を信じるしかなかった。主殿を仕留めようが仕留めそこねようが、和助が生きて伊登の無事をたしかめることはできそうにない。

権太夫は和助の返事に満足したようだ。表面は何事もなかったかのように、二人は二日目の夜を迎える。

和助は内心、歯ぎしりをしていた。権太夫の裏をかいて騒動を事前に止めるつもりだったが、伊登を人質に取られていてはそれもできない。

少なくとも無駄死にはならぬ、か——。

自分は赤穂浅野家の郡奉行、吉田忠左衛門に命を救われた。その命で、今度は伊登を救う。せめてもの恩返しである。

眠れないかとおもったが、さすがに体力も気力も限界にきていた。

和助は泥のように眠った。


翌朝、目覚めたときは冷たい霙《みぞれ》が降っていた。

伊登は無事か。凍えてはいまいか。和助の頭を占めているのは伊登の安否ばかりだ。霙がこのまま降りつづけば、川越えは延期になる。伊登は凍え死ぬかもしれない。

居ても立ってもいられずに空をにらんでいたところが、幸い霙は止み、午《ひる》には太陽が雲間から顔を出した。川越えも再開され、旅人が人足に背負われ、あるいは蓮台《れんだい》ごと担がれて川を渡っている。

「そろそろ来るころだ。覚悟はよいか」

いわれるまでもなかった。とうに覚悟はできている。

「おぬしこそ、忘れるなよ、伊登どののこと……」

「わかっておるわ。それにしても、よほど大事な女子とみえる」

「命より大事なお人だ」

ふんと鼻で笑ったところで、権太夫は真顔になった。

「それがしにも大事な人がいた」ぼそりとつぶやく。「悪政を諫《いさ》めようとして断罪になった家臣の娘御だ。遠国《おんごく》の縁戚を頼ったはずだが……いずこにおられるやら……」

ほんの一瞬、遠い目をしたものの、次の瞬間には表情をひきしめた。

「お、見ろ。来たぞ」

駕籠をのせた蓮台を大勢の人足が担いでいる。その前後にも、武士をのせた蓮台や、武士を肩に担ぐ人足、荷物を頭にのせた人足など数人がつづいていた。寒空の下、人足たちは褌《ふんどし》一丁、日焼けした肌が褐色に光っている。

「ひい、ふう、みい……大した数ではなさそうだ」

「駕籠はひとつか。助かった」

似たような駕籠がいくつもあったら、主殿の居所を見きわめられる自信がなかった。

「仕損じるなよ」

権太夫の息が顔にかかった。和助は吐き気を覚えた。主殿がお家を潰した元凶の一人だとわかっていても、人の命を奪うのはためらいがあり、うしろめたさがぬぐえない。

むろん、それも一瞬。

「行くぞッ」

「おうッ」

一行が岸へ上がり、行列——といっても十数人——をととのえて歩きだすのを待って、二人は物陰から街道へ躍り出た。警戒されぬよう、平静を装って行列に近づく。

まずは権太夫が行列の行く手をふさぎ、両手をひろげて「待たれーい」と声をかけた。一行がおどろいて足を止めたときはもう、和助は駕籠のかたわらへ駆けよって目にも留まらぬ速さで長槍を駕籠に衝き立てていた。

駕籠が転がり、駕籠かきが逃げまどう。悲鳴や怒声があがってあたりは騒然となる。

和助は、槍を手にしたまま、棒立ちになっていた。人の肉を衝いた手ごたえがなかった。血《ち》飛沫《しぶき》もなく血臭もしない。なにかがおかしいと首をかしげる。駕籠に近づき、簀戸《すど》に片手をかけたとき、真後ろで断末魔の叫びが聞こえた。

ふりむいた和助の目がとらえたのは、背中を血で染め、うつぶせに斃れた権太夫である。その手がにぎっているのは抜身の長刀《ちょうとう》。和助を斬り殺そうとしたところを、だれかに背後から袈裟《けさ》がけに斬られたのだろう。

「間に合うてようございました」

寺坂吉右衛門が駆けてきた。

「これはいったい……」

「赤穂の者たちにございます。旦那さまのお指図にて」

「お館さまのッ」

吉右衛門から話を聞いた忠左衛門は、正条宿で主殿一行を探っていた男を捕らえた。

「頭巾こそ外しておりましたが、山道で和助さまを襲うた狼藉者の一人だと旦那さまは看破されました」

和助を亡き者にしようとした者たちが、今度は和助を利用して主殿を暗殺しようとしたのだろう。事情を悟った忠左衛門は主殿を城へ招いた。その間に偽の行列を仕立てて川越えをさせた。もちろん駕籠の中身は主殿ではない、真綿の布団である。

「では、主殿さまのご一行は……」

「今宵は本陣に泊まられ、明朝にも川越えをされるはず」

つまり、なにも知らない――津山森家では何事も起こらなかった――ということになる。権太夫の骸《むくろ》だけはなかったことにはできないが、骸が正体不明の狼藉者で、駕籠を襲おうとして斬殺されたということにすれば、なんとかカタはつく。

「伊登どのなれば、赤穂城にてぴんぴんしておられますよ」

ひと足遅れて城へ入るはずの伊登がいくら待っても現れないので、忠左衛門は人手を出して西構から赤穂城に至る道の周辺をくまなく探索させた。人手は地元の者たちである。炭焼き小屋に囚われている伊登を見つけるのはわけもなかった。

「ありがたやッ」

和助は手を合わせた。

「伊登どのは和助さまをお待ちにございます」

伊登のもとへ帰ると、和助は約束している。

「それは、叶うまい。拙者は駕籠を襲うた。主殿さまを殺めようとした。このまま許されるとはおもえぬ。この上はどうなりと……」

「和助さまはどなたも殺めてはおられませぬ。お家のご不幸にお気持ちが昂り、ご主君のご無念を晴らさんがため空のお駕籠に戯《たわむ》れのひと衝き、ほんの座興にございます」

座興？　座興ですませてよいものか。

権太夫に騙《だま》された。伊登を救うために心ならずも暴挙に及んだ。だとしても、自分の中に燃えたぎるものがあったことは事実だ。渾身の力をこめて駕籠に槍を衝き立てたとき、自分はなにかに——主家を苦しめて改易に追いやった何者かに——怒りのかぎりをぶつけていたのだ。

「拙者は……そう、為すべきことをしただけだ。だが、咎められても当然のことをした、ともおもっている」

「お咎めなどございましょうや」

「されば寺坂どの、これではいかがか。津山森家は明日、城引き渡しと聞いている。開城したところで城内見分もあり、いまだ納得せぬ者もおるそうゆえ、家臣の立ち退きまでは依然、混乱がつづくはずだ。わが主君の式部衆利さまも城にもどられたとうかごうたし、拙者も城へ帰り、式部さまの浅口への転居をお手伝いいたそうと存ずる」

「それがよろしゅうございます。しかし伊登どのがお待ちゆえ……」

赤穂城へ立ちよって伊登に会い、それから津山へ向かうようにと吉右衛門は勧めた。

「いや……今は、やめておこう」

伊登に会えば、二度と離れられなくなりそうだ。

「伊登どのに伝えてもらいたい。式部さまの行く末を見とどけ、お許しを得た上で、赤穂へもどって参る。城でも穂積でも、伊登どののところへ必ず帰るゆえ、今しばらく待っていてほしい……と」

「承知いたしました」と、今度は吉右衛門も頬をゆるめた。

「でしたら駕籠と従者をご用意いたしましょう。赤穂浅野家は義を重んじるお家柄でございます。一度お助けした隣人を、傷も癒えぬまま放り出すわけには参りませぬ」

「赤穂は……良きところだの」

和助は穂積陣屋での養生の日々を思い出していた。吉右衛門とせん夫婦をはじめ余所者《よそもの》の自分を快く迎え入れてくれた陣屋の人々、竹林を吹き渡る寒風、藁《わら》ぶき屋根を叩く氷雨《ひさめ》、荒天候でも屋根の下はぬくぬくと暖かかった……。

和助は、崖下で死にかけていた犬を自ら助けたときの忠左衛門の、少し得意気な、いかつさの中にもやさしさがにじむ表情をおもい浮かべた。

そして、伊登の澄明な眸、しなやかな肢体、自分に向かって小走りに駆けてきた女の、はずむ息づかいと山茶花のような頬の色を想った。

あとはただ、両手をひろげて足を踏みだせばよい……。

骸は早くも片づけられて、西国街道には旅人が行き交っている。

元禄十年十月十日。

かなたの津山城では、いよいよ明日、開城の日を迎えようとしていた。

里和と勘平

一

里和《りわ》は御犬《おいぬ》小屋にいた。

ただの犬小屋ではない。江戸から二里半ほど西北へ行ったところにある中野《なかの》村に、昨年末、築造されたばかりの、十数万坪にもおよぶ御犬小屋——通称「御囲《おかこい》」——である。完成してまだ半年もたたないのに早くも増築がはじまり、犬の数もふえる一方。いったい何万匹の犬が運ばれてきたか。

元禄《げんろく》九年五月。

真夏の暑さは、夕暮れ時になってもいっこうにやわらぐ気配がなかった。その上、生ぐさい獣の臭いが熱波のように押しよせてくる。里和は腹の中のものをもどしそうだった。かろうじて口で息をしながら、竹格子《たけごうし》で囲った小屋と小屋のあいだの薄暗がりを手探りで進んでゆく。吠《ほ》え声や唸《うな》り声が聞こえるたびに身をすくめ、懐剣《かいけん》の柄《つか》をにぎりしめるのは、格子の向こうの犬を警戒するためではなく追っ手にそなえるためだ。

武兵衛《ぶへえ》、どこにいるのですか。あの男のいうことを信じてはなりません。息の根を止められる。どうかおもいとどまって、出ていらっしゃい武兵衛――。

里和は御囲のどこかにいるはずの武兵衛に話しかけた。数万の犬が集められているので一瞬たりと静寂はない。どのみち声がとどくとはおもえなかったが……。

なんとしても、やめさせなければ――。

それでなくても屋台骨がゆらいでいるこのときに、騒動が起これればどうなるか。今は、お家存亡の危機である。

ふいに、身近で人声がした。里和は立ち止まる。話し声は右手前の板戸の向こうから聞こえていた。声と共に緊迫した気配が流れてくる。

だれだろう。なにかあったのか。戸の隙間《すきま》に耳をよせたとき、内側から勢いよく戸が引かれた。里和は男にぐいと腕をつかまれて中へ引きこまれ、同時に懐剣を奪われている。背後や左右には細心の注意をはらっていたのに、よもや目の前の戸が開こうとは――舌打ちをしたときにはもう遅い。

「鼠《ねずみ》を一匹、捕まえたぞ」

「怪しい女め、何者だ？　名乗れ」

「公儀の隠密《おんみつ》やもしれませぬ。若林《わかばやし》さま、いかがいたしましょう」

腕を背中でねじあげられて悲鳴をあげながらも、里和は冷静にあたりを見わたした。

暗いのでよくわからないが、五、六人はいるようだ。若林さまと呼ばれた男がつかつかと近づいてきて里和の顎《あご》を持ち上げ、面相をたしかめた。

「見かけぬ顔だの、どこから来た。かようなところでなにをしておる。盗み聞きとは穏やかではないのう」

「盗み聞きなどしておりません。あまりに広いので迷うただけで……」

「迷うた？　懐剣を手にしてか。ハ、おれの目はごまかせぬわ。公儀か、それとも小石川《こいしかわ》のまわし者か。いわねば斬《き》るぞッ」

男が長刀《ちょうとう》の柄に手をかけたときだ。待てッと別の声がした。

「お待ちあれ。その女子《おなご》は拙者《せっしゃ》の従妹《いとこ》にござる。急報をとどけに参ったのやもしれぬ」

なに、なんだ、従妹だと、なぜ早《はよ》ういわぬ……場はざわめく。だれよりおどろいたのは里和だった。この男はなにをいっているのか。でたらめをいって自分を助けようとしているのか。でも、なんのために……。

その答えは、男が顔の見える位置までやって来るや判明した。さらなるおどろきに、里和はあわや声をもらしそうになる。

「里和。ここでは話せぬことか」

目くばせをされて、里和は夢中でうなずいた。

「若林さま。少々よろしゅうござるか」

「ま、よかろう。手早くしろよ」

「は。すぐにもどりまする」

男は仲間の手から懐剣を奪い返し、だれかがなにかをいう前に里和の背を押して戸の外へ出た。なにもいうなというように首を横にふる。

里和は、横川勘平《よこがわかんぺい》と向き合っていた。

二人がいるのは御犬小屋のひとつだ。しみついた臭いは強烈だが、死んで運びだされたか、別の小屋へ移されたか、犬はいない。

「里和どの、なぜここに」

「おどろきました。勘平さまこそ、どうして御囲に」

二人は、津山森《つやまもり》家の江戸屋敷の同じ長屋で幼年時代をすごした。当時の勘平は浅黒い肌にくっきりした目鼻立ちの、すばしっこくて利発な子供だった。里和もおてんば娘だったから、よく駆けまわって遊んだものだ。

勘平は里和より三つ年上の三十。

「昨年の御囲築造の際、志願して式部《しきぶ》さまの家臣に取り立ててもろうたのだ。本来なれば式部さまに従《したご》うて津山へ参るところだが、まだ御用が残っておっての……」

関《せき》式部衆利《あつとし》は津山森家の国家老《くにがろう》で、御囲の築造では総奉行《そうぶぎょう》を任じられていた。当主の参勤交代に随行して、今春、津山へ帰ったのだが、勘平は式部の寵臣《ちょうしん》、若林平内《へいない》の下で、御囲の増築および修理にたずさわっているという。

「よもや勘平さまが御囲にいらっしゃるとは……」

「妾《めかけ》の子ゆえ、こうでもせねば御役にありつけぬ」

「まだそのようなことを……」

自嘲《じちょう》気味に顔をゆがめた勘平は、幼なじみだったあのころの面影をほうふつとさせた。庶子《しょし》であることをひがんでいたのか、悪さばかりしては折檻《せっかん》された。大木に縛りつけられていた勘平に、里和は握《にぎ》り飯《めし》を食べさせてやったことがある。

「おれのことより里和どのこそ、妙ではないか。ここは女子の来るところではないぞ。里和どのは小石川の……」

「ええ。わたくしは小石川のご隠居さまにお仕えする身、わかっていて逃がしてくださったのですか。あの方々に知られたら大変なことになりますよ。しかも従妹などと……」

勘平がなぜいいよどんだか、いわれなくてもわかっていた。里和が「ご隠居さま」と呼んだ小石川の下屋敷《しもやしき》にいる先代長武《ながたけ》は、当主を中心とする主流派といがみ合っている。というより皆から嫌われていた。勘平はそもそも里和が小石川にいること自体、気に入らないのだ。

「逃がしたわけではない」勘平は懐剣を両手で目の高さにかかげて見せた。「なにゆえここにおるのか、話してもらおう」

「話せぬ、といったら……」

一瞬の間があって、勘平は吐息《といき》をもらした。

「今はとりこんでいる。忌々《ゆゆ》しい出来事が起こってのう」

里和ははっと息を呑んだ。

「忌々しい？　もしや、だれぞがお犬を……」

「獰猛《どうもう》なお犬が喧嘩をはじめた。手がつけられなんだそうでの……」

若林平内が雇い入れた人夫が、暴れる犬を次々に叩《たた》き殺した。人間様よりお犬様の命のほうが重んじられる昨今、公儀に知られたら人夫は打ち首、森家の家臣も無事ではいられない。勘平たちはまさに今、隠蔽《いんぺい》の相談をしていたところだという。

「武兵衛は、お犬を殺《あや》めた者は、どうなったのですか」

訊《たず》ねた里和の声はふるえていた。

「武兵衛を知っておるのか」

「はい。それゆえ、わたくしはここに」

やはり、間に合わなかった。武兵衛は事を為《な》してしまった、あの男にそそのかされたとおりに……。おそらく、逃がしてやると約束され、破格の褒美《ほうび》がもらえると信じこんでしまったのだろう。

「武兵衛はいずこに」

「空の犬小屋に放りこんである。武兵衛とはどういう……」

「さような話をしているときではありません。すぐにおゆきなされ。武兵衛からお目を離さぬよう、牢番も信用してはなりませんよ」

里和のせっぱつまった顔におどろきながらも、勘平はこのまま里和を逃してよいものかとためらっている。

「武兵衛は、小石川の間者《かんじゃ》です」

「なんとッ」

「身許《みもと》が知れぬよう、口封じをされるやも」

「里和どのはなぜさようなことを……」

「話はあとで。さ、早うッ」

勘平は駆けだそうとした。その前に里和の手に懐剣をにぎらせる。

「逃がしてやるかわり、話を聞かせてくれ」

「わかりました。いつでも小石川へいらしてください」

「まことか」

「従兄妹ですもの、逃げも隠れもいたしません」

里和と勘平は互いの目を見つめ合う。

「わかった。されば後日」

勘平が立ち去ると同時に、里和も御犬小屋から忍び出た。

事は起こってしまった。もはや自分の手には負えない。

二

美作国《みまさかのくに》津山城を居城《きょじょう》とする津山森家は十八万六千五百石の大名だけあって、江戸でも龍《たつ》ノ口《くち》の上屋敷の他、増上寺前海手《ぞうじょうじまえうみて》、小石川、それに目黒《めぐろ》と下屋敷を所有していた。

小石川の下屋敷には里和の主《あるじ》である「ご隠居」――先代の伯耆守《ほうきのかみ》長武が、海手の屋敷にはその父親の「大隠居」――先々代の内記長継《ないきながつぐ》が住んでいる。

ところが、この父子は犬猿の仲だった。

長継の嫡男《ちゃくなん》の忠継《ただつぐ》が早世《そうせい》した際、まだ嫡子が幼少だったため、忠継の弟の長武が当主の座についた。約定《やくじょう》に従って長武は成長した嫡子――つまり当主の美作守長成《ながなり》――に家督を返還したものの、これに不満を抱いて、長継と長成になにかと嫌がらせをしかけていた。将軍家は隙あらば大名家を取り潰そうと虎視眈々《こしたんたん》と狙っている。お家騒動が公になれば即刻お取り潰しになりかねない。長武は津山森家最大の内憂ともいえた。

そんな中、御囲では大規模な普請《ふしん》を終え、引きつづき増築や修理が行われている。森家の家臣も多数、残っていた。こちらも気がぬけない。里和が御囲へ駆けつけたのも、両者――長武と御囲――がかかわる騒動を未然に防ぐためだった。

御囲から首尾よく逃れ出た里和は、翌朝早く小石川の下屋敷へ帰り着いた。心利いた侍女《じじょ》のおときの介添《かいぞ》えで、埃《ほこり》まみれの布子《ぬのこ》から煤竹藤鼠《すすたけふじねず》の絹縮《きぬちぢみ》に着替え、黒八丈の帯を流行《はやり》の吉弥《きちや》に結んで、島田髷《しまだまげ》の乱れをととのえる。

「皆にはお体の具合がすぐれず、お床《とこ》に伏せっていると申しておきました」

「ご隠居さまは？」

「なにも。表は夜中ざわついておりましたようで」

里和は安堵の息をついた。

長武は五十二歳になる。家督を取り上げられてから十年、今さら当主に返り咲く希《のぞ》みは皆無で、それで自棄《やけ》になっているのか、ここ数年はますます手に負えなくなっていた。なまじ頂点をきわめただけに、所領もなくわずかな隠居料で小石川に押しこめられている現状ががまんならぬのだろう。当主であったときも評判が悪かったが、今はそれに輪をかけた嫌われ者で、やはり悪評高い用人《ようにん》の横山刑部左衛門《よこやまぎょうぶざえもん》と奸計《かんけい》をめぐらせているか、でなければ酒池肉林か。年若い側妾《そくしょう》を数多《あまた》はべらせている。

里和も側妾の一人だった。が、今はめったにお呼びがかからない。それでも古参として話し相手をつとめることもあるので、用心の上にも用心を、と気を引きしめていた。

気を引きしめる——。

そう、側妾は仮の姿だ。里和は大隠居の長継によって送りこまれた間者である。

十二のとき、両親が流行病で相次いで死去し、里和は長屋に取り残された。天涯孤独になった少女に目をつけた長継は、下屋敷へつれ帰って磨《みが》き上げ、自らの耳目《じもく》となるよう仕込んだ上で、当時はまだ当主だった長武の閨《ねや》へ送りこんだ。あれから十余年……疑り深い長武によくぞ今日まで知られずにすんだものだと、里和はそのことをおもうたびに背すじが寒くなる。

「増上寺へ参詣《さんけい》にゆく。仕度を」

「なれど御方《おかた》さま、昨日はお具合が悪いと皆さまに……」

「昨日は昨日、ようなったといえばよい」

「は、はい。では朝餉《あさげ》をお持ちいたします」

里和は脇息《きょうそく》にもたれて、丹精《たんせい》された庭を眺《なが》めた。万緑の中で皐月《さつき》の紅《くれない》が華やぎをそえている。潔く散る桜やぽとりと落ちる椿《つばき》とちがって萎《しお》れかけても未練がましい姿をさらしている皐月に心魅《こころひ》かれるのは、昨夜、横川勘平に胸をざわめかせたからか。

今になってまぁ──と、里和はため息をついた。まさか御囲で鉢合わせするとは……しかもあの危急の刻《とき》に……これは天の配剤としかおもえない。

勘平とは、奥奉公の話が決まって長武の家臣──ひそかに長継方と通じていた──の養女として上屋敷へもどったときに再会した。蛹《さなぎ》から蝶《ちょう》になったおてんば娘に、勘平は目をみはったにちがいない。里和もたくましく成長した悪童に目を奪われた。二人はひとときに手を取って逃げたいと願うほど夢中になったが、無力な若者同士、駆け落ちを決行する知恵も勇気も、後ろ盾もないため、結局は別れざるを得なかった。

勘平は、里和が奥奉公に上がることを知っていた。それが奥女中という名の側妾であることにも気づいていたはずだ。やり場のない怒りのこもった悲痛なまなざしに、里和は何度となく胸を痛めたものである。

わたくしだって勘平さまと──。

とはいえ、とうに覚悟を決めていた。お家のために命を捨てること、それが忠義だと教えこまれている。むしろ女の身でお家のために働ける幸運をよろこぶべきだろう。それがわたくしの役目──そう自分にいい聞かせて生きている。

未練は捨てた。あともどりはできない。

里和は朝餉をすませると、おときをつれて御門へ向かった。

「おや、病はよろしいのですか」

「今日も暑うなりそうですよ。病み上がりに炎天の道はこたえましょう」

女たちは心配して声をかけてきたが、そのたびに里和は「亡母の月命日ゆえ」とつつましい笑みを浮かべてやりすごした。こういうとき、日ごろの付け届けが物をいう。里和は最強の後ろ盾のおかげでふんだんに金品をばらまき、女たちを手なずけていた。

「それにいたしましても、御方さまはお疲れ知らずにございますね」

本郷《ほんごう》から神田《かんだ》、日本橋《にほんばし》……南へ下りながら、おときはあきれ顔である。

歩くのは苦もなかった。こうしたとき駕籠《かご》を使わなくてもすむように、足腰を鍛《きた》えている。陸尺《ろくしゃく》は口が軽い。他意のない雑談から下屋敷のだれかに行先を知られ、主の耳に入ろうものなら、長年の苦労が水泡に帰してしまう。

主従は増上寺の手前まで歩きとおした。寺門はくぐらず、素早く海岸沿いの屋敷の勝手門をくぐる。津山森家の下屋敷である。

毎度のことなので速《すみ》やかに母屋へとおされた。しばらく待たされたのちに里和だけが庭へ誘《いざな》われ、池や築山《つきやま》の奥の竹林にある茶亭へ先導される。

案内役が立ち去るのを待って名を告げると、

「遠慮はいらぬ。入れ」

と、老人の声がした。

里和はにじり口の戸を引き開け、身をかがめて中へ入った。

長継は茶を点《た》てていた。といっても茶筅《ちゃせん》を使う手つきはぎこちなく、優雅なお手前とはいえない。

「近ごろ指が痺《しび》れてのう……まぁ、八十半ばもすぎれば、動くだけでありがたいとおもわねばならぬ」

そういいながらも、里和の膝元に茶碗をすべらせた。里和は押しいただいて茶を喫《きっ》し、作法どおり懐紙《かいし》で飲み終えた茶碗の縁を清める。

本来なら顔を仰ぎ見ることさえ畏《おそ》れ多い老人だった。が、遠慮をしたり卑屈になったり、媚《こ》びへつらったり、といった人間を長継は嫌う。

「で、なにがあった」

里和は昨夜の出来事を話した。

「小石川で密談を耳にいたしました。御囲で騒動が起これば、お殿さまとて知らぬ顔はできません。お犬さまが、それも一匹ならず叩き殺されたなどと万が一ご公儀に知られれば、いかが相なりますか……」

生類憐《しょうるいあわれ》みの令を発した将軍は戌《いぬ》年である。犬への愛着はとりわけ深い。

「ふむ。昨夜の騒動なれば聞きおよんでおる。やはりそうであったか。小石川の出来損ないがわれらを脅すつもりで……」

「武兵衛と申す者が下手人の役を仰せつかりました。総奉行さまの下で昨年から働いておりました者なれど、実は、小石川の間者。問答無用とその場にて始末されれば好都合、されど捕らわれて責め立てられ、素性をしゃべってしまっては元も子もありません。密談によれば、口封じのために刺客を送ると……」

長継に指示を仰ごうにもここへ知らせにくる時間がなかった。里和は自ら御囲へ駆けつけ、武兵衛に利用されているだけだと教えて、騒動を未然に防ごうと考えた。

「後れをとりました。武兵衛はすでに騒動を起こして仮牢《かりろう》に……」

もはや手の打ちようがなく、なにもせずに帰ってきたことを里和は長継に詫《わ》びた。勘平の話はしない。自分と勘平の関係を邪推されたくなかったし、だいいち勘平への気持ちは容易に話せるものではなく、わかってもらえるともおもえなかったからだ。

「武兵衛の身が案じられます」

「その者なれば……今朝、知らせがあった。自害したそうな」

「自害ッ」

「お犬さまを殺めれば打ち首はまぬがれぬ。正気にもどったら恐ろしゅうなったのだろう、立ち腹かっさばいて果てたそうじゃ」

里和は絶句した。

では小石川、つまり長武の計画どおりに事が運んだのだ。

里和は、武兵衛が自害したとはおもえなかった。子沢山の武兵衛は、病身の妻を抱えて、喉から手が出るほど銭をほしがっていた。御囲に素性を偽ってもぐりこんだのも、森家の落ち度を嗅《か》ぎまわれば余分な手当てがもらえるとそそのかされたからだろう。そして今回も……。「褒美をやろう、さぁ逃してやるぞ」と仮牢へ入ってきただれかが、自害に見せかけて口封じをしたにちがいない。

悪だくみを扇動したのは、あの男だ――。

あの男とは、小石川で長武と長々と密談をしていた武士である。名は知らないが、横山刑部左衛門とかかわりがあるらしい。なにか事が起こるときは決まってこの男があらわれる。痩せて貧相な男で、少し斜視気味な目がなにを考えているかつかみがたい。

「どう、なるのでしょう」

ようやく声を発すると、長継は白い眉をひそめた。

「さて、どうなるか。ご公儀の耳に入らねばよいが……」

もちろん森家としては、公儀に知られないように、万が一知られても大事にならずにすむように、あらゆる手だてを尽くすしかない。

「できうれば殿のお耳にも入れとうないが、これぱかりは、式部一人に背負いこませるわけにもゆかぬしのう」

殿――津山森家の当主の美作守長成――は、昨年の御囲築造の心労がたたったか、このところ体調をくずしていた。なにしろ昨年の普請には延べ百万近い人夫を雇った。莫大《ばくだい》な賃金に資材調達の費用まで入れれば、すさまじい金額がわずか二ヵ月ほどで消えてしまったわけで、蓄えのありったけを投じ、諸方から借財を重ね、家臣の禄《ろく》まで減らして調達しなければならなかった。生来頑健とはいえない当主が心身をすりへらし、衰弱してしまったのも無理はない。

「お殿さまの御身《おんみ》が案じられます。そもそも御囲の築造を命じられましたのも、小石川のご隠居さまの奸計によるもの、ほんに、どこまで非道なお方か……。あ、お許しください。ご無礼を申しました」

里和は両手をついて謝った。「非道なお方」も長継の息子の一人である。

もっとも、森家に御囲築造という難役がいいわたされるよう仕向けた張本人が長武であることは、だれもが知っていた。当主の長成が津山城の近くにあった煙硝庫《えんしょう》を、火災が起きたとき危険だからと佐良山《さらやま》の山中へ移し替えたのを、将軍家への異心でもあるかのようにいいふらし、公儀の目を森家へ向けさせたのだ。将軍家の危機感を煽《あお》ることで、森家を窮地へ追いこんだ。当主の座を奪われた腹いせである。

長武には、当主の座についていたころから、数々の不行跡があった。隠居後は浪費癖が高じ、京の豪商からの借金の返済がとどこおって京都町奉行所へ訴えられたり、借金の返済を迫る町人たちに上屋敷へ押しかけられたりと、ひんぱんに騒動を引き起こしている。

きわめつけは、異母弟の主殿長基《とのものながもと》の正室に、自分の寵臣、横山刑部左衛門の妹をめあわせたことだった。横山は長武に取り入って専横《せんおう》をきわめ、一部の者たちから「悪少輔《あくのしょう》」と呼ばれるほど疎《うと》まれていた。その妹と、当主の許可なく縁組を強行したのだ。

主殿長基は先月、正式に長武の養嗣子《ようしし》になっていた。

「主殿さまはお国元の垂水村《たるみ》においでだそうですね。養嗣子にしてやったのにいまだ挨拶にも来ぬと、ご隠居さまはお腹立ちにございます」

「なんともはや……ここまできては、出来の悪い息子というだけではすまぬのう」

長継は深々と吐息をもらした。里和にいたわりの目を向ける。

「そなたにも難儀な役を……長年にわたる忠勤、忘れぬぞ」

「もったいのうございます」

「わしは老齢じゃ。いつまで生きられるか……」

「そのようなこと、仰せになられますな」

「いや、聞け。殿は病身だ。わしになにかあればどうなる？　清和源氏《せいわげんじ》の流れを汲《く》む、この由緒正しき森家の名が消え去ることだけは、なんとしても阻止せねばならぬ。そのためとあらば、わしは、鬼にも蛇《じゃ》にもなるつもりだ」

長継の双眸《そうぼう》が一瞬、血を吹き上げたように見えた。

「わが子とて容赦はせぬぞ。こたびの一件、もし卑劣な手を使《つこ》うてくるようなら……」

長継は上向けた手のひらの先をわずかに動かした。

里和はひと膝すすめる。狭い茶室なので、老人の鼻の脇にある黒子《ほくろ》の上の剃《そ》り残した白い髭《ひげ》まではっきり見えた。そこまで近づいてもまだあたりを警戒しているのか、長継は息づかいだけで次なる指示を与える。

毒――。

里和はのけぞりそうになった。

「そなたにしか、できぬことだ」

鬼の目は泣いている。

鉄瓶の鳴る音がにわかに大きくなる。自分の胸の鼓動か、と里和はおもった。鳩尾《みぞおち》に手を当て、唾を呑みこみ、ひとつ息を吐いて、「かしこまりました」と平伏《へいふく》した。

三

里和が次に勘平と会ったのは、炎暑の最中だった。

数日中に小石川の下屋敷を出て行くことになっている。海手の下屋敷の長継からは早く移ってくるようにと矢の催促だったが、それでは右から左へ乗り換えるようで、さすがに気が引けた。こんなときはいったん養家へ帰ってほとぼりを冷ますべきだろう。ところがその養家も代替わりしているので、敷居が高く、つい一日のばしにしている。

「御方さま。お客人がおみえにございます」

おときが知らせにきた。

「お客がわたくしに……まぁ、どなたでしょう」

「御方さまのお従兄《いとこ》さまだそうで……御方さまにお従兄さまがいらしたとは存じませんでした」

おときは首をかしげている。

里和は心の臓が止まるかと思った。

勘平さまが、わたくしに、会いにいらした――。

御囲で再会したとき、逃げも隠れもしないから小石川へ訪ねてくるように、といい残した。が、あれからひと月の余がたっている。しかも御囲から帰るや、里和は怒濤《どとう》のような出来事に巻きこまれてしまった。もちろん勘平のことを忘れたわけではなかったが、もう訪ねてくることはないだろうと勝手におもいこんでいた。

主人のおどろきをためらいと勘ちがいしたのか、

「おことわりして参りましょうか」

出て行こうとするおときをあわてて引き止める。

「横川勘平さまなら、そう、わたくしの、母方の、従兄です」

もちろんでたらめだった。髪を梳《す》き、ほんの少し紅《べに》をさす。里和は逸《はや》る胸を抑えて対面所の小座敷へ出て行った。

上座でも下座でもない敷居際で平伏していたのは、やはり勘平だった。里和が入ってきたのに気づくや、

「このたびは衷心《ちゅうしん》よりお悔やみ申し上げまする」

と、硬い声で弔辞《ちょうじ》をのべた。

「堅苦しい挨拶はやめましょう。さ、こちらへ」

里和は勘平を招じ入れて上座に座らせた。

御囲は薄暗がりだった。互いに取り込み中でもあった。顔を合わせたといっても、じっくり観察をしたわけではない。が、今はちがう。

羞恥《しゅうち》がこみあげた。年齢より老《ふ》けているとおもわれはしないか。それだけではない。二人が想い合っていたころ、里和は無垢《むく》な娘だった。それが嫌われ者の長武に身をゆだね、あろうことか、密かにその身辺を探ってきた。自分にはこの世の穢《けが》れという穢れがこびりついているにちがいない。それを知られることが、なにより辛い。

「どうか、そんなふうに、見ないでくださいまし」

里和が目を伏せると、勘平もひとつ空咳《からぜき》をした。

「里和どのは以前と変わらぬ。御囲で会《お》うたとき、昔にかえったような気がした」

「わたくしもうれしゅうございました。でも、もう会えぬものと……」

「あのあと御囲は大騒動だったのだ」

「聞きました。武兵衛が死んだのですね」

「さよう。腹を切った。せっかく知らせてくれたのに、間に合わなんだわ」

真相はちがう。が、ここでは話せない。

「こちらでも、あのあとすぐに大変なことが……」

「先代さまがよもや急死されるとは……いやぁ、おどろいたのなんの。さぞや大騒ぎになっておるだろうと遠慮しておったのだ。だが、そろそろ落ち着いた頃合いかとおもうての、意を決して訪ねて参った」

長武が死去したのは五月十八日だった。あそこが痛いここが苦しいとしょっちゅう大騒ぎをしていたものの、死病に罹《かか》っていたわけではない。なのに夜中に突然、苦しみだして、あっけなく死んでしまった……ということに、表向きはなっている。下屋敷は上を下への騒動となり、通夜、葬儀、遺品の整理とあわただしい日々がつづいた。

「いらしていただいてようございました。お聞きおよびでしょうが、ご葬儀のごたごたがいまだに尾を引いていて……」

葬儀のごたごたとは、養嗣子の主殿長基がとうとう江戸へ弔問に来なかったことだ。家名と隠居料を主殿がうけつぐには幕府の許可が必要である。まずは葬儀に参列し、登城して将軍に挨拶をしなければならない。ところが主殿はそれを拒んでいた。

長武という厄介者が死去したとおもったら、今度はその養嗣子にふりまわされる……当主の長成も大隠居の長継も頭を抱えている。

「お家は相変わらず問題ばかりですが、それでもこちらはようやく静けさがもどって参りました。髪を下ろした者、他の屋敷へ移った者、実家へ帰った者など、それぞれに去ってゆきました。わたくしもそろそろ潮時とおもうていたところです」

「養家へ帰られるのか」

「いえ……まだどうしたものかと……。実家はとうに無《の》うなりましたし、養父もすでに死去しております。ゆくゆくは海手の下屋敷でご奉公を、と考えてはおりますが、今はあちらも取り込み中ですし、しばらくはどこぞ寺にでも身をよせようかと……」

寺という言葉に、勘平は動揺をあらわにした。

「里和どのは、その、先代さまの菩提《ぼだい》を弔《とむら》うおつもりか」

「本来ならそうすべきでしょうが……」里和はきっと目を上げた。「そのつもりはありません。今この場で詳しいことは申せませんが、わたくしは、悲しんでなどおりません」

「やはり、さようであったか。あのときのことを様々に考え、もしやと……。われらとて同じだ。武兵衛のことも先代さまの謀《はかりごと》ではないかと……ご公儀に知られたら命取りゆえ、生きた心地もせなんだわ」

「そのお話、ここではなさいますな」

「わかっておる。ただ……天はわれらの味方をしてくれた、とおもうての」

勘平は思案しているようだった。

「もし、行先を決めておらぬようなら、ひとつ、たのみがある」

「わたくしにできますことなら……」

「うむ。いや、不躾《ぶしつけ》なことを申すようだが……その、おれの母のところへ行ってはもらえまいか。あ、一日でも二日でも、もし迷惑でなければ、ということだが……実は春先に寝込んでからどうも心もとないのだ、里和どのに話し相手になってもらえれば、少しは元気も出るかと……」

「勘平さまの、母上さま？」

おもいもよらぬ申し出に里和は目を瞬《しばた》いた。長屋にいたころ勘平が母と呼んでいた女は、勘平の父の正妻で、勘平に冷たく当たっていた。

「継母《ままはは》ではのうて生みの母だ。ようやく捜し出したはよいが、苦労つづきだったそうで……身寄りもなく、手内職でなんとか食べておるようなありさまでの……」

横川家は小禄《しょうろく》で、しかも家督を継いだのは庶子の勘平ではなく正妻腹《せいさいばら》の弟だった。生みの母の面倒をみようにも部屋住みの身ではその余裕がない。御囲へ志願してしゃかりきに働いたのも、この母のためだったのか。努力が実って式部の家臣に取り立てられた。今は麻布本村町《あざぶほんむらちょう》の借家――小体《こてい》ながらも路地裏の二階家――に住まわせているという。

「二階が空いておるゆえ……いや、つい幼なじみの厚かましさが出てしもうた。里和どののようなお人に老女の世話など……ご無礼を申した。今の話はなかったことに」

「いいえッ。いいえどうぞ、母上さまさえよろしければお世話をさせてくださいまし。おときも……わたくしの侍女も、この機会にしばらく実家へ帰してやりとうございます。わたくしもしがらみのないところで、これからの身の振り方を考えたく……このお話、ありがたくおうけいたします」

ここにいては心が鎮《しず》まらない。それは海手の下屋敷へ移っても同じだろう。身の振り方を考えるといったが、本当のところはなにも考えたくなかった。逃れようとしても追いかけてくる悪夢、うなされて七転八倒する夜々……叫びたくても、胸をかきむしりたくても、柔和な笑みを浮かべていなければならない。罪を犯した。長継の命令とはいえ主の毒殺に加担した。自分が為した忌《い》まわしいこと、そのすべてを忘れたい……。

老女の世話ができるなら、まさに渡りに船だった。しかも勘平の生みの母である。ぜひとも会ってみたい。

勘平は目を輝かせた。が、すぐに、童女から握り飯を食べさせてもらった昔の小童《こわらわ》のような顔になる。照れくさそうな、でもうれしそうな、そのくせ喜びをあらわにしすぎないようにと口元だけは気むずかしく引き結んだ顔――。

「明朝では早すぎようか。明日中に中野へもどらねばならぬのだが……」

「承知しました。明朝までに仕度をしておきます。仕度というてもたいしたものはないのですよ。二、三、文を認《したた》めるところがあるくらいで……」

そうはいっても、長年、住み慣れた屋敷である。出て行くとなれば片づけやら掃除やら、やることはいくらでもあった。

「今宵は母上さまのところでお泊りになられるのですか」

「うむ。だがその前に御用の向きがあっての、こたびは若林さまに同道したのだ」

「若林さま……」

「そうか。里和どのは腹を立てておられよう。御囲ではご無礼をいたしたゆえ」

「いいえ、悪いのはわたくしです。文句はいえません」

「融通の利かぬ堅物《かたぶつ》だが、忠義だけはだれにも負けぬ。式部さまの御為《おんため》とあらば自分で自分の首を切ってさしだす男よ。式部さまも頼りにしておられる」

御囲築造で総奉行をつとめた国家老の式部は、長継の末っ子の十二男である。この式部が幼くして同族の関家の養嗣子になったときから若林平内は付き従っていた。

「さてと、堅物はお気が短いゆえ、お待たせするわけにはゆかぬ」

勘平と若林はこのあと合流して、上屋敷へおもむくことになっているという。

「さすれば明朝、迎えに参る」

「はい。お待ち申し上げております」

勘平が立ち去ってからもしばらく、里和はその場に座っていた。訪ねてきてくれたことだけでもおどろきなのに、明日から勘平の母と暮らすことになろうとは……。

ややあって、里和はぱっと腰を上げた。あわてて表へ出てゆく。夢ではないか、こんな幸運が現実にあるのかと、突然、不安になったのだ。

勘平はまだ門のところにいた。だれか――門番ではなく羽織袴《はおりはかま》の武士――と立ち話をしている。慇懃《いんぎん》な様子からして初対面か、少なくとも親しい仲ではなさそうだ。それでも話がまとまったようで、いっしょに出て行こうとしていた。

はじめから声をかけるつもりはなかった。勘平の姿を見ただけで、里和の胸のざわめきはおさまっている。

里和は引き返そうとした。

一瞬早く、勘平とつれだって門を出ようとしていた武士が左右を見た。と、素早く背後をたしかめる。

里和はあッと声をもらした。

あの男、だった。

武士の視界にも里和が入っていたはずだが、視線が里和の顔を捕らえたかどうかはわからない。距離があった上に、どこを見ているかはっきりしない目だったからだ。

武士はなにもなかったかのように立ち去った。

二人が消えた門の外を、里和は茫然と見つめる。

四

「ほほほ……あたしどもはどちらも、まんまと騙《だま》されたってことですねえ」

勘平の生母のおくめは唐桟留《とうざんどめ》の布子の袖を口元に当てて、心底おかしそうに笑った。

痩せて小柄な女だ。五十前だというが、白髪の目立つ丸髷《まるまげ》や小じわのきわだつ目元には苦難の半生が刻まれていた。それでも眸《ひとみ》は明るく、生来のものとおもわれる品の良さも失われていない。

勘平は里和をおくめに引き合わせ、あわただしく中野へ帰ってしまった。女二人は麻布本村町の借家で向き合っている。

「こんなことじゃないかとおもってましたよ」

「どういうことですか」

「世慣れぬあの子が知恵をしぼったんだとおもうと……ほほほ、おかしいったら。いえね、里和さまはあたしが病身だから世話を、とたのまれたんじゃありませんか」

「はい。お元気がないゆえ話し相手をしてほしいと……」

「あたしも同じ、里和さまはご難つづきで憔悴《しょうすい》しておられる、だからしばらく骨休めさせてさしあげてくれってね」

「まぁ……」

勘平は、里和に行く当てがないと知り、とっさに母のもとへ行かせようとおもいついた。里和を手のとどかないところへやりたくない、なんとか自分の目のとどくところにおきたいとおもったこともたしかだろうが、今もつづいているお家の内紛に巻きこまれないように、との配慮もあったにちがいない。

「うれしゅうございます。騙してくださったおかげで、こうして母上さまとお会いすることができました。どうぞ、少しのあいだ、居候させてくださいまし」

「少しなんていわないで、お好きなだけいらしてくださいよ。早々に出て行かれたんじゃ、勘平に叱られます」

おくめはかつて津山森家の上屋敷で女中奉公をしていたという。

「あの子の父親が江戸勤番だったとき恋仲になったんです。みごもってから、津山にご妻女とお子までいると聞かされて……」

「横川家は江戸の下屋敷の長屋に住んでおられました」

「そうなのです。江戸詰を申しつかり、ご家族がこちらへいらっしゃったのです。で、これはもう身を退くしかないと……。当時あちらには女のお子さんしかいらっしゃらなかったので、あの子を後継ぎにしたいと懇願されました。それであの子の行く末をおもうて手放したのですが、その後、奥さまにも男子が生まれたそうで……」

わが子を取り上げられたおくめが悲しいおもいをしてきたように、勘平も継母にいじめられて辛い日々をすごした。それは里和も知っている。

「いつ、再会をなさったのですか」

「三年ほど前に。あの子はずいぶん捜しまわっていたようですが、あたしはあたしでできるだけ見つからないようにと。だって、ほら、すっかり落ちぶれて見る影もないありさまでしたからね」

流転の半生について根掘り葉掘り訊《き》くつもりはなかった。後ろ盾のない女の心もとなさは、訊かなくても想像がつく。

わたくしも同じ――。

里和はおくめに身内のような親しみを覚えた。

「わたくしは両親を亡くしました」

「ええ。聞いてますよ。あの子とは幼なじみだったとか。ご実家がなくなり、ご養女にもらわれて、ご苦労なさったってことも。ここでは遠慮はいりません。お気兼ねなく、あたしでよろしかったら母だとおもって……」

「ありがとうございます。ふつつかな娘ですが、どうぞよろしゅう。母上さまもなんでもお申しのです」

「つけください」

亡母が生き返ったようにおもえた。勘平の母とおもえば、なおのこと愛おしい。

「さぁさぁ、お二階でひと休みなさいまし。下りていらしたら、いっしょに夕餉《ゆうげ》の仕度をしましょう。里和さまがいらっしゃると聞いたので、お隣のおしげさんに鰹《かつお》を買うてきてもらったのですよ。おしげさんのご亭主はお旗本のお台所へ出入りしていますからね、こういうとき顔が利くのです」

開け放った出窓から生暖かい風が流れてくる。掘割《ほりわり》を渡ってきた風には水の匂いが感じられて、心のよどみが洗われてゆくようだった。こんなにのびやかな気分になったのはいつ以来か。里和は胸いっぱい風を吸いこむ。

津山森家の下級武士の娘として生をうけ、目黒の下屋敷の長屋で成長した。つましい暮らしながらも当時は満ち足りていた。だが両親の死後、生活は一変した。どこへ里子に出されるのか、働きづめに働かされるにちがいない——そう覚悟していたところが、迎えにきたのは黒漆《くろうるし》の長柄《ながえ》も美々《びび》しい乗物。送りこまれた先は海手の下屋敷の奥御殿だった。

そこで、里和は礼儀作法や言葉づかい、着つけや裁縫から化粧の仕方、和歌や学問まで厳しく仕込まれた。が、それだけなら奥女中となる女のだれもが身につけるものだ。

「里和と申したか、そなたの力を借りたい。こちらへ」

ある日、大隠居さまと呼ばれている老人から大役を仰せつかった。その日から里和の習得すべき技は一気に増えた。しかも習得は秘密裏に行われた。やがて重臣の養女としてお披露目《ひろめ》をされたが、そのときにはもう当主の奥御殿へ入る道が定められていた。

勘平と再会したのはこのころである。目を合わせ、会釈をし、やがて立ち話をするようになった。人目を忍んで逢引きを重ねた。が、恋はあっけなく終わりを迎えた。

おくめの話では、勘平にはまだ妻子がいないという。生母を養うだけで精一杯、妻帯する余裕などなかったとか。けれどもし、その気持ちの何分の一かでいい、自分のことが忘れられず、それで妻帯しなかったのだとおもうことができたら……。

赤子の泣き声や子を叱る母の声、入れかわり立ちかわり通りすぎて行く棒手振《ぼてふ》りの声や種々雑多な物音に耳をかたむけながら、里和は勘平との平凡な暮らしをおもいえがいた。

大隠居さまにお役御免をお願いしてみようか――。

そうおもう一方で、どうしても気にかかることがあった。

「あの男」のことである。

勘平となにを話していたのか。二人つれだってどこへ行ったのか。勘平はあの男のことを、どこまで知っているのだろう。

ここへ来る道々、何度かたずねようとした。が、切り出せなかった。昨日とちがって勘平はなにか考えこんでいるように見えたし、そうでなくても、「帰りがけに話していた男はだれですか」などと問えば、身辺を探っているようにおもわれてしまいそうだ。あとで機会を見つけて訊ねようとおもっていたのに、そそくさと御囲へ帰ってしまった。御囲は遠い。当分は会えない。

あの男は疫病神《やくびょうがみ》だ――。

いったん気になりだすと頭から離れなかった。放ってはおけないと里和はおもった。しばらくして階下へ下りて行ったときは心を決めている。

「母上さま。お手伝いいたします。といっても、わたくし、おさんどんはしたことがないのです。教えてください」

「わかっておりますよ。まずはね、里和さま、母上さまはおやめください。近所の者たちに目を丸くされますから」

「ではなんと？　そう、母《かか》さま……わたくしも里和とお呼びください」

「はいはい、里和さん、さ、そこのお鍋をこちらへ」

実の母娘のように、二人は夕餉の仕度をはじめた。朗らかに笑いながらも、里和はときおり上の空になる。頭の中で、明日の算段をめぐらせていた。

翌日、里和が真っ先にしたことは、小石川の屋敷へ行き、門番から「あの男」の名前を訊き出すことだった。

「ええ。わたくしの従兄といっしょに帰って行かれたお人です。従兄は急に御囲へもどらねばならなくなり、お母上にお預かりしたものをお返しするようたのんだのですが、お母上は高齢ゆえ、お名前を忘れてしまったそうで……」

おくめには悪いが、他にもっともらしい嘘をおもいつかなかった。幸い顔見知りの門番だったので、話は通じた。

「坪井権太夫《つぼいごんだゆう》さまにございます。ご用人さまのご縁者だそうで」

「縁者とはどういう？」

「さあ……お若いころは津山にいらしたようですが……」

横山刑部左衛門の住まいは下屋敷内にある。坪井権太夫は外からやってくるから、横山の家臣ではなかった。あえて家臣と一線を画して横山の懐刀《ふところがたな》――密偵役とか用心棒とか、汚れ仕事などをする役――を請け負っているのかもしれない。

「坪井さまのお住まいはどちらですか。だれか知っている者を教えてください」

「急用の際に呼びに行く者がおったのですが、お二人ともうここにはおりません」

一人は長武の死後、新たな奉公先を見つけて去って行った。もう一人は昨秋、家族をつれて出て行ったという。

「昨秋出て行ったのは武兵衛どのですね」

里和は長屋へ行ってみた。女たちから武兵衛の家族の消息を聞き出すためだ。

武兵衛が「お犬殺しの下手人」であることを、ここの者たちは知らなかった。そもそも武兵衛が御囲にいたことも知らない。武兵衛一家は昨秋、新たな奉公先を見つけて、内藤《ないとう》宿の裏店《うらだな》へ引っ越した……と、知っているのはそれだけだ。

「なんでも実入りのいい奉公先が見つかったからって大よろこびで、薬代もかかるし、子沢山ときてるし、よかったじゃないかって送りだしたんだけど……」

「それがサ、武兵衛さん、亡くなったんだって」

「そうなんだよ。見舞金が出たそうだから、なにか、奉公先で事故にでもあったんじゃないかねえ」

病身の後家《ごけ》と遺児たちに、同情が集まっているらしい。

里和はその足で内藤宿まで行ってみることにした。

麻布から小石川、さらに内藤宿……晩夏とはいえまだ灼《や》けつくような陽射し、汗と土埃にまみれている。それでも手がかりを得ておきたかった。勘平が禍《わざわい》に巻きこまれないように。津山森家にこれ以上の災難がふりかからないように。勘平をおもいながらも主家の行く末が頭から離れないとは、なんと因果な間者の性《さが》だろう。

武兵衛の後家は、いまだ亭主の急死の衝撃から立ち直れないようだった。下屋敷で聞いてきた裏店の奥の間の、黴《かび》臭い夜具の上に死んだ魚のように横たわっていた。眼窩《がんか》が落ちくぼみ、肌の色がくすんでいるのは、病が高じているのか。里和の見舞いに恐縮して半身を起こし、店賃の安い長屋に越したいがその元気もないと力なく首を横にふる。

子供たちはそれぞれ近所の貰い仕事をしているという。赤子をおぶった童女と、奉公先が決まって出て行くことになった男児だけが、土間で立ち働いていた。

里和は悔やみを述べたあと、坪井権太夫についてたずねた。

「さぁねえ、あたしはこんな体だし、うちの人がだれとなにをしてたかなんて……」

そういいながらも、後家はそうそうとうなずいた。

「坪井さまってのは知らないけど、柳沢《やなぎさわ》さまって名は何度も聞きましたよ」

「柳沢さま……」

「立ち話をしてたときもたしか……あ、そうだ、長吉《ちょうきち》、おまえ、お父と見に行ったんじゃないかい。去年、駒込《こまごめ》にでっかいお屋敷ができるって聞いて……」

「駒込？　というと、もしや、柳沢出羽守《でわのかみ》さま……」

にわかには信じられなかった。

柳沢出羽守吉保《よしやす》は七万二千余石の川越《かわごえ》城主で、御側用人《おそばようにん》として幕府でも破格の権勢を誇っている。昨年四月には将軍家より駒込の染井《そめい》村に四万七千坪もの土地を賜《たまわ》っていた。小石川の森家下屋敷とも近いので、山林泉石の素晴らしい庭が造られるとの噂に、やれ京の都から庭師が来訪しただの、どこそこの名石が運びこまれただのと、しょっちゅう家中でも話題にのぼっていたものだ。

それにしても、そんな雲上《うんじょう》の人の名を、なぜ武兵衛ごとき下僕が口にしたのか。坪井権太夫と柳沢家はかかわりがある、ということではないか。柳沢は公儀の元締めである。坪井権太夫は公儀の隠密とも考えられる。

長武は、用人の横山の入れ知恵で、何度となく森家を窮地へ陥《おとしい》れようとした。御囲の築造も、明らかに長武が将軍家を焚《た》き付けたものだ。横山の縁者の坪井権太夫が、公儀と手を組んで森家を潰しにかかっていると考えれば、すべてが腑に落ちる。

「武兵衛どのには参詣や買い物の供をしてもらいました。いつもご妻女やお子たちのことを案じて……武兵衛どのを悲しませぬよう、早う元気になってくださいね」

狡兎《こうと》死して走狗《そうく》烹《に》らる――武兵衛は利用されて殺されたのだ、坪井権太夫に、長武に、公儀に、そして将軍と柳沢に……。腹を立てながらも月並みな励ましかいえない自分がもどかしい。

持ち合わせの銭を心ばかりの見舞いにして、里和は武兵衛の家をあとにした。

たった一日の探索でおもわぬ収穫があった。が、これからどうしたらよいかまでは考えがおよばない。だいいち、足が棒のようだ。

里和が麻布本村町へ帰り着いたのは夕刻だった。小家の前に立ち、路地まで流れてくる夕餉の匂いを嗅いで、やっと生き返った心地になる。

「あれまぁ、お疲れのご様子ですねえ。そんなに片づけが残っていらしたのなら、あたしもお手伝いに参りましたのに。さぁ、夕餉にしましょう。いっしょに食べてくれるお人がいるとはうれしいこと。あ、その前に、ほら、井戸で手足を洗っていらっしゃい」

おくめに急かされて井戸端へ出る。

足腰の疲れもさることながら、里和は、津山森家をとりまく魑魅魍魎《ちみもうりょう》に臓腑をつかまれ、ゆさぶられているような気がした。

このまま、放ってはおけない――。

五

長継は見るからに苛立っていた。

「かようなときに、いったいどこにおったのじゃ」

自分がどこにいようがさほど気にしていないだろうとおもっていたので、里和はおどろいた。もっとも長継は日々、短気になっている。気むずかしい顔も老齢のせいかもしれない。

この日の二人は茶亭ではなく、人払いをした接見の間にいた。

「申しわけございません。実は、少々気になることがあり、調べておりました」

里和は両手をついて謝ったあと、坪井権太夫の話を伝えた。

「ふむ。その者は、横山刑部左衛門の縁者と申したのだな。柳沢出羽守さまともかかわりがあると……」

老人はしばし考えこんでいたものの――。

「横山刑部の妹が主殿の正室になっておったことは存じておろう」

主殿長基、死去したばかりの先代長武の養嗣子である。

「はい。おみいさまにございますね」

「うむ。では刑部の娘がいずこへ嫁いだか、知っておるか」

「いえ……」

「柳沢豊後守《ぶんごのかみ》。出羽守さまの甥御《おいご》だ」

「あッ」

横山は長武に取り入り、家中で専横をきわめた。さらには名家の用人という立場を利用して闔閥を築き、己の野望を満たそうとした。縁者の坪井権太夫が御囲の騒動を公儀に密告しようとしたのも、将軍家に恩を売り、あわよくば自分に都合のよい後釜を据えるつもりだったのかもしれない。

「小石川のご隠居さまがご逝去《せいきょ》されても、安心はできませんね」

「さよう。頭の痛いことばかりだ」

「先ほど、かようなときに、と仰せになられました。主殿さまの御事にございますか」

主殿は津山にこもったきり、養父の葬式に参列しなかった。このままでは親元の森家ばかりか、将軍家や幕府に楯突いているとみなされかねない。

「いったい主殿めは、なにを考えておるのやら……」

今しがた、津山の垂水村にいる主殿の家臣から文がとどいた。主殿は「ご乱心のよし」で「いまだ出立はご無理ゆえ、なんとか大隠居さまから殿さまやご老中方へとりなしをしてほしい」という文面だったという。

「今、とどいた、と……どなたがとどけて参ったのでございますか」

「使者じゃ。名までは知らぬ」

長継はこれから早速、とりなしにまわるつもりらしい。

里和は首をかしげた。

「その文を疑うつもりはございませんが、たった今、横山家と柳沢家はご昵懇《じっこん》とうかがいました。坪井権太夫なる男のこともございます。ここは、早まらぬほうがよろしいかと……」

「なんだと？」

「はばかりながら申し上げます。大隠居さまがおとりなしをされれば、事はかえって大きゅうなります。主殿さまとお殿さまのあいだに揉め事が……つまりお家騒動があって……それをお家ぐるみで隠そうとしているようにおもわれるやもしれません」

権太夫がお家騒動だと注進すれば、好機到来とばかり柳沢は飛びつく。大名家の改易をもくろんでいる将軍も大喜び。津山森家は取り潰される……。

「なるほど。改易の口実を与えることになる、というのだな」

「油断は大敵にございます」

うなずいて里和を見た長継の目には、これまでにない賛嘆の色が浮かんでいた。

「そなたなら、いかにする？」

「首に縄をつけてでも、江戸へおいでいただきます。表向きは、お家騒動ではなく、お沙汰《さた》にそむいた者をお上に先んじて罰する体をよそおって……」

津山森家はあくまで将軍家に恭順《きょうじゅん》する、との立場を明確にするのだ。

「しかし、それでは主殿の知行《ちぎょう》の千五百石と、こたび相続するはずの養父の隠居料を取り上げられるぞ」

「津山森家十八万六千五百石を失うよりはよいのでは……」

長継は目をみはったまま、じっと里和の顔を見つめた。

ややあって、ふっと片頬をゆるめる。

「女子にしておくのは惜しいのう」

「大隠居さまのお教えに従《したご》うたまでにございます」

里和は退出した。むろんその前に、今しばらく知り合いの老女のもとで骨休めをすることについて、渋々ながらも許しを得ている。


油断は大敵、といいながら、油断をしていたようだ。

長武の死で長年の大役から解放された。その安心感が気のゆるみになったのか。長継に畏れ多くも私見を述べてしまった、それなのに感心されて同意を取りつけた。そのことで少しばかり舞い上がっていたのかもしれない。いつもは笠《かさ》や被《かぶ》り物で顔を隠して、左右をたしかめた上で門を出る。この日はよく見もしないで出てしまった。

門前に、坪井権太夫がいた。腕を組み、痩せた体をやや斜めにして、威嚇《いかく》するように肩を怒らせている。

里和は棒立ちになった。が、動揺を隠し、知らん顔でとおりすぎようとする。

そうはいかなかった。

「返してもらおうか」

権太夫は里和の行く手をふさぎ、目の前に片手を突き出した。

里和は虚を衝《つ》かれた。

「なんの、こと、ですか」

「横川勘平から預かっているものがあるそうではないか」

斜視気味の目にいたぶるような色がある。

「下屋敷の門番がそう申したのでしたら、それはまちがいでした。勘平さまの母上さまはようおもいちがいをなさいます」

「ま、そういうことにしておいてやろう。そのかわり、といってはなんだが、ひとつ、訊きたい」

「急いでおります。手早くお願いします」

「いいとも」といいながら、権太夫は門番を見た。不審げな顔でこちらを眺めているので、顎で里和をうながして歩きはじめる。

「お訊きになりたいこととはなんですか」

「なにを呑ませた」

「え？」

「なんの毒を使ったか、と訊いておる」

「なんのお話やらさっぱり……」

「今さら隠し立てはなかろう。先日、死去された、先代伯耆守長武さまだ」

里和は素早く頭を働かせた。

「ご隠居さまはご病死です。毒など呑まれてはおりません」

「いや、おそらくトリカブトだろう。医師が妙な痙攣《けいれん》だといぶかっておったぞ。どやつの仕業かと探っておったが、おぬしを見て合点した。あの日もここへ来ている。他の女たちを押しのけて、明け方まで閨にいたとも聞いた。そうか、おぬし、大隠居さまの間者か」

「馬鹿馬鹿しい。そういうそなたこそ何者ですか。ご隠居さまのところへちょくちょくみえていましたね。もしや、ご公儀の隠密ではありませんか」

「もしそうなら、立場こそちがえ、おれとおぬしはご同業、ということになる」

里和は権太夫をにらみつけた。

「津山森家は盤石《ばんじゃく》です。粗《あら》を探そうとしてもさようなものはありません。主殿さまのことだってそなたのおもうようには……」

里和はいいかけて途中でやめた。よけいなことはいわないほうがよい。わかっているのについ口から出てしまったのは、目の前のこの男が武兵衛にした仕打ちをおもい、怒りが噴き出したからだ。

里和は権太夫から逃れようと速足になった。

今度は追いかけてこなかった。

「このままですむとおもうなよ」

里和の背中に権太夫のひと言が吹き矢のように突き刺さる。

主殿長基は、垂水村へ駆けつけた国家老一行の手で強引に乗物へ押しこまれ、江戸へ護送された。もちろんこれは海手の下屋敷の大隠居、長継の指示である。大小の刀は取り上げられて、逃げられぬよう乗物には錠をおろすという物々しさだった。

長継だけでなく当主の長成も、主殿をいっさい庇《かば》わなかった。

——主殿は不調法、亡き伯耆守長武は不行届。

幕府の沙汰が下り、知行と養父の隠居料を取り上げられた上に国元預かりをいいわたされた主殿が津山へ帰って行ったのは、七月の末だった。

「危ういところでした。なんとか大事にならずにすみ、ほっといたしました」

ひと月ほどたって中野から麻布へ帰ってきた勘平に、里和は主殿の騒動の顚末《てんまつ》を語った。むろん勘平もあらましは耳にしていた。

「ようもそこまで存じておるのう。どこから聞きこんだのだ？」

けげんな顔をされれば、曖昧《あいまい》なままにはしておけない。明朝にはまた御囲へもどると聞けばなおのこと。

おくめと三人、和やかな夕餉をすませたあと、里和は勘平に「大事なお話があります」と告げた。二人のじゃまをしないよう気を使ったのか、おくめが早々に床についたので、里和と勘平はそろって二階へ上がってゆく。

里和は坪井権太夫の素性を教えた。

「坪井さまが、公儀の隠密だというのか」

「いえ、隠密かどうかはわかりません。なれど、亡きご隠居さまと柳沢さまのあいだを行き来して、津山森家を苦境に追いこもうと画策していたことはたしかです。武兵衛を自害に見せかけて殺めたのもおそらく……」

権太夫が自ら手を下したか、仲間のだれかに殺《や》らせたのか。いずれにしても権太夫の背後にいるのは、公儀にちがいない。

勘平は激しい衝撃をうけたようだった。公儀が目を光らせていることは承知していても、まさかそこまで深く入りこんでいるとはおもわなかったのだろう。なにより幕府、ひいては将軍が、それほどまでに森家を取り潰したがっているという事実を知って打ちのめされている。

「森家が、われらが、いったいなにをしたというのだ」

勘平が吐き捨てた言葉には憤怒《ふんぬ》がこもっていた。

「なにをしたか、などどうでもよいのです。落ち度がなければ落ち度をつくる、それがご公儀のやり方です」

反目し合う二家を戦わせるかわりに、お家騒動を起こさせる。その挑発に乗らないためには、長武の息の根を止め、主殿長基を改易に追いこむしかなかった。

「すべてがお家のためにございます」

「なんと卑劣なッ。いや、殿や大隠居さまのことをいうたのではない。殿や大隠居さまにそこまでさせたやつら……」

「はい。わたくしどもが戦う敵はあまりに強大……これで終わればよいのですが」

権太夫からはこのままではすまぬと脅されている。

「勘平さまは、坪井権太夫とどういうお知り合いなのですか」

それこそ里和の知りたいことである。

勘平は憂慮の色を浮かべた。

「おれはよう知らぬ。下屋敷の門前で話しかけられたときは、なつかしそうに若林さまのことを訊ねられた。若林さまとは旧知の仲だそうな。坪井権太夫は若いころ、津山におったことがあるらしい。若林さまにうかごうたら、気のいいやつだったといっておられた」

もし若林平内のいったことが事実なら、権太夫は人が変わったのか。そう。人は変わる。なにか、権太夫を変えてしまうほどの出来事があったにちがいない。

だからといって、同情するつもりはなかった。

「昔はどうあれ、危険な男です。そのこと、若林さまにも……」

「うむ。どう切りだせばよいかわからぬが、なんとかやってみよう」

一本気な若林だけに、不用意に権太夫を悪者にすれば逆効果になりかねない。

「それより……」と、勘平は里和に案じ顔を向けた。「あやつが里和どのを目の敵《かたき》にしておるなら、ここにおっては危ういぞ」

大名家の奥御殿なら容易には忍びこめないが、ここは町家だ、万が一、居所《いどころ》を知られれば、襲われる心配もある。

「わたくしのことでしたらご心配は無用です。これでも自分の身を守るすべは心得ております。でも、母上さまにご迷惑をおかけすることだけは……」

「おれは里和どのに、ここに、母のそばに……いや、おれのそばにいてもらいたい。できることなら、このままずっと……」

「勘平さま……」

それができたらどんなに幸せか。本当は、昔から、それを望んでいたのだ。幼なじみの勘平と生涯を共にすることを。

長武が死んだ。今なら夢が叶《かな》うとおもった。おもったけれど──。

「わたくしも、勘平さまや母上さまと暮らしとうございます。皆でどこか、だれも知る人のいないところへ行ってしまえたら……。なのに勘平さま、わたくしの中にはもう一人のわたくしがおります。童女のころからお家のために身を捨てよと教えられて参りました。女のわたくしでもお役に立つなら、森家の御為にこの命、捧げたいと……」

どちらも偽りのない気持ちである。

ぎこちない沈黙が流れた。

「わたくしは海手の下屋敷へ参ります」

それが自分の生きる道だと里和はおもう。そのように仕込まれてしまった。

「里和どの……」と、やがて勘平も口を開いた。「ご両親を亡くして途方に暮れていた里和どのが、大隠居さまのお力で今の里和どのに生まれ変わった。恩義を感じるのは当然、お家を想う気持ちはおれも同じだ。だが大隠居さまは、九十もそう遠くない老齢であられる。いつまでも今のまま、というわけにはゆかぬ」

老齢なればこそ、長継は自分の目が黒いうちに津山森家を盤石にしようと心をくだいている。なればこそ鬼になって、長武や主殿という火種を排除した。病弱な当主の長成が安心して国を治められるよう、地ならしをしておこうというのだ。

「そのためなれば、われらも共に力を尽くそう。忠義は尊い。しかし大隠居さまのお志が実ったあかつきには……」

勘平は里和の手を取り、ぐいと引きよせた。

「いつになるかはわからぬが、そのときは……」

勘平はもう部屋住みではない。津山の国家老の一人、式部衆利のれっきとした家臣である。御囲の御用が終われば津山へ呼ばれるはずで、そうなれば津山城下で一家を構えることになる。武士の縁組は好き勝手にはいかないが、由緒のある家ではなし、忍耐強く懇請《こんせい》すれば里和を正式に妻に迎えることも夢ではない。

勘平の言葉は力強かった。

「そうこうしているうちに、わたくしは三十をすぎてしまいます」

「それがなんだ？　おれはこれまで里和どのだけを想うてきた。これからも変わらぬ」

里和は勘平の胸に顔をうずめる。

「わたくしも……勘平さまの他にはだれも……いえ、嘘ではありません、心ではいつも、この胸の中にはいつも勘平さまが……」

こみあげてきたものがあった。熱く燃えたぎるかたまりだ。里和は勘平の背中に腕をまわし、体をぴたりと押しつける。

「どうか、わたくしを抱いて、いただけませんか」

勘平の母は、庶子を産んだがために苦労を背負いこんでしまった。里和に母と同じおもいをさせるのではないかと案じて、勘平は拒絶するかもしれない。ちらりと不安がよぎったものの――。

杞憂《きゆう》だった。勘平はためらわなかった。渾身《こんしん》の力で里和を抱きしめた。息が止まりそうになって目をみはった里和を見てあわてて腕をゆるめ、今度は、この世にたったひとつの至宝のように慎重に床に寝かせて帯を解いてゆく。

二人はひとつになった。

翌朝、勘平は中野の御囲へ帰って行った。辻の先までついて行って後ろ姿が見えなくなるまで見送り、頬を染めて家へもどった里和を迎えたおくめは、忙しげに火吹き竹を使うふりをしながら、さりげなく話しかけてきた。

「昨夕、あの子に話したのですよ。おまえはなんとおもっているか知らないけれど、あたしは、おまえを産むことができてよかったと心底、感謝してるってね。おまえの父さまに夢中になった……あの思い出がなかったら生きてきた甲斐がない、きっと、今もつまらぬ日々をすごしていたんじゃないかって……」

六

翌元禄十年六月。

朝凪《あさなぎ》のあとの海風に乗って潮の香が流れてくる。

ここ津山森家の下屋敷は裏手が江戸前なので、とりわけ朝は鳥の声や船手の掛け声が喧《かしま》しい。ところが今朝はそれ以上に、屋敷内がざわめいていた。

「なにか、知らせは？」

「いえ、あれからはまだ」

「大隠居さまは？」

「ご面談繁多につき、お取り込みのご様子にて」

耳に飛びこんでくる女たちの切迫した声に胸を波立たせながらも、里和はけんめいに数珠《じゅず》をたぐっていた。膝元においた小さな御厨子《みずし》の中の毘沙門天《びしゃもんてん》に祈るのはただひとつ、当主長成の快癒である。

長成一行は去る三月の半ば、参勤交代のために津山を出立した。このところ体調がおもわしくなかったので道中が案じられたものの、四月二日、無事に江戸へ到着して、皆が胸をなでおろした。ところが——。

長成の病状は、実は道中から危ぶまれていた。無理な長旅が拍車をかけたのか、到着したとたん、床についてしまった。医師が呼ばれ、津山へも急報が送られる中、長継は老体に鞭打って上屋敷へおもむき、主だった親族と面談、同族の関家の養子となっていた末子の式部衆利を森家に復縁させて養嗣子とする旨、大目付へとどけ出た。万一、長成が死去したとき嗣子が定まっていなければ、お家はお取り潰しになってしまう。

式部は長成の叔父である。が、ふたつ下の二十五歳で、一昨年の御囲築造の際には総奉行として手腕を発揮した。先代長武と当代長成の不仲に頭を悩ませていた長継としては、当主より年下で仲も良い式部なら万事丸くおさまると考えたのだろう。

長成は五月下旬になってようやく床上げをした。が、ひと月もたたないうちにまた寝込んでしまった。しかも今度は重篤《じゅうとく》である。

里和はこのとき下屋敷にいた。昨秋、勘平を御囲へ送り出した後、麻布本村町の家を出て海手の下屋敷へ移っている。坪井権太夫を警戒するためもあったが、それ以上に、このまま森家から逃げ出すことだけはやめようと心を決めたためだった。

おくめとの暮らしはかつてないほど満ち足りていた。いつまでもいっしょにいたい。それだけに、日がたてばたつほど出て行く気力が失せてしまいそうで怖くもあった。勘平とは今や固い絆《きずな》で結ばれている。まずはお家のために励み、時節がきたら夫婦《めおと》になればよいと、里和は自らにいい聞かせていた。

「母さま。いつか三人で暮らしとうございます」

「ここはあなたの家ですよ。あたしはいつでも待っています」

「宿下がりには必ず。いえ、ときおり様子を見に参ります」

幸い海手の下屋敷と麻布本村町は、小石川よりはるかに近い。外出のついでに立ちよることもできる。おくめも勘平が御囲から帰れば必ず知らせると約束してくれた。もっとも実際は、駆けつけられるときはまれで、駆けつけてもほんの短い逢瀬《おうせ》がせいぜい……それでも胸をときめかせて逢いにゆくのはなににも勝る喜びである。

「こちらもようやく終了だ。しばらくは上屋敷の長屋で殿さまのおいでをお待ちする。江戸へご到着あそばされたら、一年余りにわたる御囲増築の経過と現状など諸々をお伝えして、われらは津山へ出立する」

津山で落ち着いたら、母と里和を迎える準備をするつもりだという。希望に燃える勘平の顔は、五つも十も若返ったように見えた。

「わたくしも心づもりをしておきます。それにつけても、お殿さまにはつつがのうご到着していただかなければ……」

そんな話をしてからひと月の余しかたたないのに、状況は一変してしまった。長成の病が高じて、国家老の式部が嗣子に抜擢されたのだ。もしこのまま長成が死去するようなことになれば、式部は津山森家の当主となる。式部の家臣はおどろきあわてて、右往左往するにちがいない。勘平も家臣の端くれとして、主君のために寝る間も惜しんで働くことになるはずだ。落ち着いた日々など当分、望めそうになかった。

けれど、里和のいちばんの心配は、自分と勘平の行く末ではない。弱冠二十五歳の、先日まで関家の養子だった式部――御囲築造を指揮したとはいえ、江戸での外交に疎い式部――に、果たして大名がつとまるのか。老父の長継が元気なうちはよいが、いなくなれば、またどこからか、お家騒動の兆しがあらわれてくるのではないか。

お殿さまがどうか、ご快癒されますように――。

里和の願いは、津山森家の人々、皆の願いでもあった。

願いは叶わなかった。

六月二十日、美作守長成は、江戸上屋敷で二十七歳の短い生涯を閉じた。

一昨年の御囲築造でいまだ財政は逼迫《ひっぱく》している。しかも昨年の長武の葬儀につづき、このたびは長成の葬儀。当主の葬儀とあれば大名家の威信をかけて盛大に執り行わなければならない。またもや大変な出費である。

それ以上に、式部の家督相続が難題だった。早々と養嗣子の許可を得ていたので改易になる心配はないものの、将軍家をはじめ老中や諸侯への挨拶がこれまた大出費である。さらに、式部を江戸へ呼びよせ、大名としての心得を叩きこみ、周囲にも認めさせる――とりわけ将軍に気に入られるかどうかが森家の命運を左右する。

津山へ急使が立てられた。

行列に心をくだいているひまはない。ただちに江戸へ来いとの呼び出しである。

江戸屋敷もにわかにあわただしくなった。

「これを御方さまにお渡しするように、と」

おときが小さくたたんだ文を持ってきた。

「こんなときに……どなたからですか」

「さぁ。門番がとどけて参ったそうです」

文に目をとおすや、里和は息を吞んだ。そこに「おくめさま、大怪我。すぐに帰られたし。本村町名主」と書かれていたからだ。

長継は目下、大忙しだから、里和に声がかかることはなさそうだ。

「様子を見てきます。だれにもいわぬように」

里和は地味な小袖に着替えて勝手門から町へ出た。増上寺へ参詣に行くふりをして麻布へ急ぐ。おくめの身になにがあったのか。大怪我とはどういうことだろう。あわやぶつかりそうになった笊《ざる》売《う》りから「どこ見てやがるッ」と怒声をあびせられたのも、心配のあまり足がもつれそうになっていたからだ。

本村町の路地の入口で女が三人、立ち話をしていた。そのうちの一人がおくめの隣家のおしげだと気づいて、里和は駆けよった。

「母さまが……おくめさんが怪我をなさったとたった今、知らせが……」

「そうなんだよ。石段から落っこちて足を折っちまったそうでね」

「それでも、不幸中の幸いサ。ちょうど田舎から親戚連中が来てたんで、おぶって帰ってくれたんだよ」

「親戚連中……」

「そう。運よくお医師までいるそうで、あたしらの出る幕はなし」

なぜか、里和は心の臓がきゅっとちぢんだような気がした。おくめに親戚がいたとは……。血相を変えておくめの家へ駆けこむ。

小体な二階家の下の座敷で、二人の男が煙管《キセル》を使っていた。一見、商家の番頭と手代といった風体だが、よく見ると目つきが異様に鋭い。

「おっと、こいつは、里和さまじゃございませんか。お待ちいたしておりやした。手前は伊勢《いせ》屋の番頭、藤左衛門《とうざえもん》にございます」

「あっしは手代の与助《よすけ》で……お見知りおきを」

「へい。おくめさんはお二階におられます。お医師がついておりやすから、ご安心を」

目つきだけでなく、どことなく異様な雰囲気だった。おくめの顔を見るまでは安心できない。里和は挨拶する間も惜しんで梯子段《はしごだん》を駆け上がる。「母さまッ」と叫んで襖《ふすま》を開けたとたん、凍りついた。

床に寝かされ目を閉じているおくめのかたわらに、銚子《ちょうし》を手にした女がいた。が、里和の視線が吸いよせられたのは女ではない。

「医師の玄庵《げんあん》……といったところで信じはすまいのう」

「坪井権太夫ッ。やはり、おまえの仕業だったのですねッ」

里和はおくめのそばへにじりよろうとした。

「まずは懐剣を渡してもらおう」

懐剣を差し出しても、それ以上、近づくことはできなかった。

「銚子の中身を教えてやろうか。いや、おぬしのほうがよう知っておるはずだ。小石川で効き目をたしかめた以上、無茶はできまい」

女は銚子の注《そそ》ぎ口をおくめの唇に近づける。里和はあッと片手を泳がせた。

猛毒のトリカブトの根っこを煎《せん》じた汁がもし薬湯《やくとう》に混ぜられているとしたら、一滴でおくめの命は奪われる。そうなっても、権太夫や仲間が疑われることはないはずだ。

「呻《うめ》き声が耳障りゆえ眠ってもろうたが、婆さんの足を叩き折るくらい、そこの女でも朝飯前だ。わかったら、いうとおりにしてもらおうか」

階下から話し声が聞こえてきた。近所のだれかが見舞いに来たようだ。愛想のよい応対に安心して来訪者は帰ってゆく。親戚縁者が四人、その中に医師や女までいると知れば、だれもしゃしゃり出て看病をしようとはおもわないだろう。

「わたくしをおびきだすためにこんな非道なまねをしたのなら、いいでしょう、なにをすればよいか、早うおいいなさい」

里和は覚悟を決めた。自分の命に代えてもおくめを救い出さなければならない。

権太夫はふところから巻紙《まきがみ》と矢立《やたて》を取り出した。

「されば、横川勘平に一筆書いてもらおうか」

「なんと書けばよいのですか」

「自分とおくめの命を救いたくば坪井権太夫の指示に従え、と……余人にもらさば二度と生きて二人には会えぬ、とも……」

里和の文におくめが愛用している笄《こうがい》をそえて届ければ、勘平は権太夫の指示に従わざるを得なくなる。

「指示とはなんですか」

「教える必要はない」

「式部さまの家督相続に横槍を入れようというのですね」

「式部などどうでもよいわ。主殿でもよかったのだが、はん、あの腰抜けがッ」

「主殿さまを身方につけられなかったので、今度は式部さまを利用して津山森家を潰そうと企んでいるのですね」

「そこまでわかっておるなら、訊くことはなかろう」

勘平に白羽の矢を立てたのは、勘平が式部の家臣だからだ。けれどそれなら――。

「勘平さまは新参者、式部さまを動かすお力はありません」

「平内では役に立たぬゆえやむをえぬのサ。つべこべいわずに、さぁ、書け」

平内とは若林平内、権太夫とは旧知の仲だと聞いている。権太夫は若林平内に近づいて津山森家を改易に追いこむ片棒を担がせようとしたのだろう。むろん謀《はかりごと》の全容を教えたわけではなく、それとなく打診をしたものの、全く脈がない。どころか堅物すぎてとりつく島がなく、これでは脅しても逆効果だと断念したのではないか。そこで、矛先を勘平に変え、人質という、より確実な方法を考えだした……。

なんと、卑劣な――。

腸《はらわた》が煮えくり返りそうだった。それでも里和は巻紙をひろげ、矢立のふたを開ける。

「文を書いたら、ここから出て行くのですね。おくめさんにもわたくしにも危害は加えないと約束なさい」

「おれたちは賊ではない。町中で騒ぎを起こす気もない。ただし、すでに津山を出立しておるとしてあと十日か十二、三日か。式部が江戸へ到着して、横川勘平が評定所で己の役目を果たすまでは、二人ともここにいてもらう」

津山から江戸までの大名行列は、大井川《おおいがわ》の川止めがなかったとしても十七、八日かかる。権太夫はその間、里和とおくめをここへ閉じこめておく気らしい。おくめの看病で半月ほど留守にするとおときに知らせをやれば、だれも捜しには来ないはずだ。

それにしても、評定所とはどういうことだろう。勘平になにか訴えさせる、もしくは証言させようというのか。それは津山森家にとって、決定的な打撃となるにちがいない。

式部は御囲築造の総奉行だった。若林平内と横川勘平は先ごろまで御囲に残って、完成後の修理や増築に携わっていた。その間には武兵衛が犬を叩き殺した一件など、公になってはいないものの由々しき出来事があった。将軍家はお犬さまが命、その命がないがしろにされていたとわかれば……。

里和は不安を押し殺して文を認《したた》めた。権太夫のいうとおりに文面を書き上げ、一瞬筆を止めて考えた上で「従妹、里和」と締めくくる。

「従妹？　おぬしらが従兄妹だと」

「余人は知らぬことゆえ、これでたしかにわたくしの文だとわかるはずです。母さまのお命がかかっているのです、わたくしとて、偽文だとおもわれとうありません」

「なるほど」

権太夫は疑念を持たなかった。里和は文を巻き上げながら、あえて「従妹」と書きそえたことに勘平が気づいてくれますように、と祈った。とっさに従妹だとごまかして里和を助けてくれたのは、御囲で再会したときだ。あのときの御囲での騒動をおもいだし、権太夫が津山森家の改易を企んでいることに思いが至れば、勘平はなにか手だてを考えてくれるにちがいない。

おくめを助けたい。そう願うのと同じくらい、里和は津山森家を救いたいと願っていた。権太夫に――公儀に、柳沢に、将軍に――主家を潰されてなるものか。

ざわめく胸を鎮めて、里和は書き終えた文を権太夫の鼻先に突き出した。

七

通常の人間なら、三日もすればボロのひとつも出るはずだ。ところがおくめの家を占拠している――あわただしく出たり入ったりしている権太夫以外の――三人は、近隣の住民をまんまと欺《あざむ》き、表向きは気の良い親戚、里和やおくめには一寸の隙も見せない見張りというふたつの顔を巧みに使い分けていた。

黒鍬者《くろくわもの》か――。

里和もただの奥女中ではないから大方の察しはつく。脅しが脅しだけでないことも、三人が三人ともなんのためらいもなく人の命を奪える冷血な人間であることもわかっていた。

とはいえ、縛《いまし》められているわけではなし、一人なら逃げられたかもしれない。けれどおくめがいた。足が動かず寝たきりの老女を人質にとられていては、不用意な行動は起こせない。

権太夫の話の端々をつなぎ合わせると、勘平は式部が到着し次第、評定所へ出向くことを承諾したようだ。一方、若林平内はなにも気づいていないのか、いつもと変わらず出仕している。肝心の式部は今このときも江戸へ向かって進行中で、津山森家はなにも知らぬまま新当主を迎える準備に追われている。

では、勘平は、「従妹」の意味に気づかなかったのか。権太夫のいいなりになるつもりか。そんなはずはないとおもいたいが、なにごともなくすぎてゆく毎日に里和の不安はふくらむ一方だった。

「あたしに、かまわず、お逃げなさい」

苦しい息の下で、おくめは何度となく懇願した。といっても常に見張りがいて、話をしたとわかれば容赦なく鉄拳が飛んでくる。制裁を加えられるのが自分ではなくおくめであることが耐え難く、里和はおくめの目さえ見られない。

あと数日、式部一行が到着するのを待つしかなさそうだ。計画が遂行されたのちは約束どおり、解き放ってもらえるのか。もしもらえたとしても、そのために勘平が、津山森家が、支払う代償は計り知れない。

絶望にかられて物も喉をとおらなくなったころ、階下がにわかに騒がしくなった。だれかが――おそらく仲間の一人が――なにか知らせにきたようだ。

権太夫が血相を変えて梯子段を駆け上がってきた。

「出かけるぞ。おれたちがもどるまで、こいつらから目を離すな」

では、男たちがいなくなる、ということか。二階にいるのは女が一人だ。

「お待ちッ。なにがあったんだい」

出て行こうとする権太夫に女がたずねた。権太夫は里和をちらりと見たものの、「平内が消えた」と答えた。その顔にはじめて、生身の人間らしい苦悶の色がよぎったように見えたのは里和の見まちがいか。

権太夫が階下へ駆け下りるや、複数の足音が玄関から飛び出して路地のかなたへ消えた。

女は小さく舌打ちをした。それでも与えられた役目は完璧にこなすつもりでいるようだ。容赦しないことを里和に見せつけようとしたのか、抜身の小太刀《こだち》を片手でにぎったまま、もう一方の手で銚子をおくめの枕辺に引きよせた。

おくめは目を閉じている。眠っているのかとおもった。が、そうではなかった。唐突に半身を起こし、銚子をつかんだ。

それは、本当に、目にも留まらぬ速さだった。まるでこの何日か寝たきりでいるあいだに、頭の中で何百回何千回と練習をくりかえしてきたかのように正確な動きだ。

里和は雷に打たれたように体を硬直させた。女もあアッと叫んだ。女は般若《はんにゃ》のような形相でおくめに飛びついた。が、一瞬早く、おくめは毒入りの薬湯を飲み干していた。

「ああ、なんてことッ」

驚愕のあまり里和の頭は真っ白だ。にもかかわらず、里和は動転もしなければ、おくめに取りすがることもしなかった。なぜなら、おくめが自ら壮絶な最期を選んだわけがわかっていたからだ。今こそ好機。人質がいなければ里和は逃げられる。逃げてくれと懇願しているのだ。逃げて、息子が母を救うために過ちを犯すことのないよう、止めてくれとたのんでいる……。

里和は考えることをやめ、体が動くにまかせた。女がうっかり手から放した小太刀に飛びついて拾い上げ、取り返そうと襲いかかってきた女と奪い合いになる。手首をつかまれればその手に咬《か》みつき、ひるんだところで顎を肘《ひじ》で突き上げ、押しのけようとした。が、髪を引っ張られて押し倒され、膝で女の鳩尾を蹴り上げたはよいが頰に拳固がくいこみ、目から火花が散って意識が朦朧《もうろう》となる。肝心の小太刀にはどちらの手もとどかない。むろん、そこで終わりではなかった。女が隠密稼業の黒鍬者なら、里和も鍛えぬかれた間者である。取っ組み合いになり、上になり下になって死闘をくりひろげているうちに、幸運にも里和の手が銚子にふれた。すかさずつかみ、渾身の力をこめて女の顔めがけて打ちつける。女は血だらけになって仰向きに倒れた。が、死んではいない証拠に、小太刀に手を伸ばそうとするや足首をつかまれた。もんどりをうってころびながらも、里和は間一髪で小太刀の柄をにぎっていた。
　刃が女の胸に深々と突き刺さって微動だにしなくなっても、里和はしばらく息をあえがせたま
ま、じっと自分が斃《たお》した敵を凝視していた。自分が自分でないような……路地の人声や物音が耳
にもどってくるまでにどのくらいそうしていたか。われに返って飛びのき、これからなにをすべ
きか、けんめいに頭を働かせる。そう、こうしてはいられない。長持《ながもち》を引っかきまわしておくめ
の着物を見つけ、血で汚れた着物を脱いで着替える。すさまじい闘いの痕跡かヒビの入った手鏡
を探し出して乱れた髪をととのえ、懐紙を唾でぬらして顔や手足に飛び散った血を拭き取った。
　最後の最後に、すでにこと切れているおくめの体を抱きしめる。
「母さま。しかと、承りました。あとのことはおまかせください」
　泣いているひまはなかった。おくめの亡骸《なきがら》に夜具を掛け、女の亡骸は衝立《ついたて》で隠して、梯子段を
駆け下り、何食わぬ顔で路地へ出る。勘平のところへまっすぐに駆けつけたかったが、上屋敷の
長屋へ押しかけて、万が一、権太夫と鉢合わせをしては一大事だ。おくめの死を無駄にしないた
めにも、ここは慎重に行動すべきだろう。
　里和は下屋敷へ帰った。
「御方さまッ。どうなさったのですか。ひどいお顔を……」
　飛び出してきたおときは、今にも泣き出さんばかり。
「だれにも話してはならぬ、迎えをやることも相ならぬと固く仰せにございましたが、大隠居さ
まからお呼びが……」

「式部さまはいつ、ご到着なさるのじゃ」

「それが……お行列が進んでおらぬとか……」

「進んで、おらぬ」

参勤交代では、道中の主だった宿場《しゅくば》ごとに伝令をおき、一行が到着したら江戸へ急報する手はずになっている。が、津山からの進行具合に照らし合わせればとうに到着しているはずの宿から、いまだ伝令がとどかない。

「道中で異変があったか。で、大隠居さまは？」

「上屋敷へおいでになられました。あちらに知らせが届いているやもしれません」

長継が上屋敷にいるとなれば、ここで手をこまぬいているわけにはいかない。

龍ノ口の上屋敷はそれほど遠くもないが、里和はおときに、長継さまの御用だからと用人に願い出て武家用の乗物を用意させるよう命じた。そのまま上屋敷の御殿へ入ってしまえば、権太夫やその仲間と鉢合わせをしなくてすむ。

里和は長継に危難を知らせ、勘平を呼びつけてもらうつもりだった。今は長継の力に頼るしか、権太夫の企みを阻止するすべはない。

上屋敷はざわついていた。たった今、式部一行から知らせがとどいたところだとか。式部が発病したため、一行は桑名《くわな》に留まっているという。

「発病ッ。式部さまが急な病に罹られたと」

いったいどういうことだろう。まことの病か、それとも仮病か。吉とみればよいのか凶とみればよいのか、里和には判断がつかない。

長継へ面会を申し出たものの、取り込み中とのことで叶わなかった。

「急を要することにございます。ご面会が叶わぬのなら、これをご覧いただきたく」

里和は長継に、お家存亡にかかわる緊急事態ゆえ長屋にいる横川勘平なる男を呼び出して面談させてほしい、と文を認めた。命の危険があるのでくれぐれも慎重に、と書き添える。老人が主殿の一件を忘れていなければ、即刻、手配してくれるにちがいない。

女中部屋の片隅でやきもきしながら待つこと一刻余り。対面所にて横川勘平と面談をするように、との下知《げち》が届いた。里和は対面所へ急ぐ。


「ありがたや、無事であったかッ」

「勘平さま……」

それ以上は声にならなかった。勘平の顔を見たとたん、おくめの壮絶な最期がよみがえる。悲嘆に暮れるのはお家の危機が回避されてからにしよう、泣くまいと己にいい聞かせていたのに、堰《せき》を切ったように涙があふれた。

「どうした。なにがあった」

上屋敷の対面所では抱きよせるわけにも手を握るわけにもいかない。勘平はもどかしそうに里和を見つめている。その顔も、ここ数日で一気に老けこんだように見えた。母親と恋人、己の命にも勝る二人が人質にとられたのだ。安否が気になって生きた心地もしないばかりか、権太夫に魂を売ったも同然、もしや忠義にそむくことになったらとおもい悩んでいたにちがいない。

「どんなに、どんなに案じていたか……」

「勘平さま、お許しください。わたくしがここにおりますのは母上さまのおかげです」

「母の……」

「母上さまは、御自ら、お命を絶たれました」

里和は偽文で呼び出されたときからはじまって、今日、権太夫たちが出かけたあとに起こった出来事まで、順を追って教えた。嗚咽《おえつ》にむせび、涙で言葉がつづかず、何度も中断しながらもけんめいに語る里和を、勘平は深い悲しみといたわりのまなざしで見つめている。

「わたくしがうっかり権太夫に見つからなければ、そもそも、母上さまのところへころがりこんだりしなければ……こんなことには……」

「里和どのらしゅうもない。御囲で会《お》うたときは涙など持ち合わせぬように見えたが」

「なれど、なれど母上さまは……」

「母は自分で決めたのだ。われらのために、お家のために、唯一できることが自害することだと気づいたゆえ、おもうたとおりにしたのだ。誇りにこそおもえ、涙は禁物」

そういう勘平の双眸もうるんでいる。

「だとしても、わたくしは自分が許せません」

「今は為すべきことがある。母のおもいを無にせぬためにも」

「さようでした。権太夫はなにを企んでいるのですか」

「はじめはわからなんだ。時が来たら評定所へ同行して指定の文面を読み上げるように、といわれた。ただそれだけだったが、里和どのの文を見なおして気づいた。従妹と書かれていたからだ。真の従妹ではないし、わざわざ書く意味もない」

「気づいてくださるとおもうていました」

「うむ。御囲にかかわることだとぴんときた。あのとき、里和どのは武兵衛を助けようとした。武兵衛を助けることで森家を救おうと……。こたびは式部さまを助けることで森家を救おうとしているのだと……」

そう考えたらすべてが腑に落ちた。

「権太夫は、例の御囲での騒動について、評定所へ訴え出るつもりだろう。暴れる犬は叩き殺せとか、密かに死骸を埋めよとか……式部さま了解のもとで犬が虐《しいた》げられていたと評定所に訴える。それには御囲にいた式部さまの家臣から言質《げんち》をとる必要がある」

いずれにしても式部は御囲築造の総奉行だったから、騒動が明るみに出れば責を負うことになる。将軍の耳に入れば、さぞや怒り狂うにちがいない。家督相続の挨拶どころか、その場で改易、最悪の場合はお手討ちにもなりかねない。

権太夫は、長武と共謀して御囲で騒動を起こし、津山森家を窮地に陥れようとしていた。もしかしたら柳沢出羽守から、津山森家を改易にする見返りを約束されていたのかもしれない。だが長武が急死してしまった。養嗣子の主殿長基は反旗を翻《ひるがえ》し、権太夫もいったんは野望を引っこめざるをえなかった。

ところが先日の長成の死去で状況が一変した。式部が家督を継いだと知り、ほくそ笑んだにちがいない。御囲の騒動がいよいよ明らかになる時が来たのだ。

「これは一刻を争う。若林平内さまは坪井権太夫をよう存じておられるゆえ、余人に気づかれぬよう、こっそり打ち明けた」

若林は激しい衝撃をうけ、すぐさま道中の式部に急報を送った。勘平が若林に真っ先に相談したのは正しい判断だったといえる。他のだれでもない、式部の信頼厚い若林なればこそ、江戸参府に待ったをかけることができたのだから。

「式部さまが桑名宿で発病されたというのは、そういうことだったのですね」

「おれも今、知らせを聞いてひとまず安堵したところだ。式部さまが江戸に到着されるまでは権太夫も動けぬ。評定所の件もお預けだ」

「なれど、いつまでも桑名に滞在しておられるわけにはいきません。いかがなさるおつもりですか」

「若林さまには妙案がおありのようだ。おれが動けぬことをご承知ゆえ、心配はいらぬ、自分にまかせよ、と仰せられた」

そういいながらも不安が頭をよぎったのか、勘平は眉をひそめている。

里和ははっとおもいだした。

「若林平内さまのお姿が消えたと、権太夫たちが騒いでおりました」

「消えた……若林さまが？」

「はい。それであわてて捜しに出かけたのです。男たちがいなくなったので、母上さまは今が好機と……」

勘平の顔が見る見る蒼ざめる。

「もしや、とはおもうが……」

急報を送り、とりあえずは式部一行を桑名近辺で足止めさせることに成功した。が、もちろんこれは応急処置で、なにか手を打たなければならない。若林はどうするか。忠義一途の、主君のためなら喜んで己の命を擲《なげう》つ男が、今、できることとは——。

「桑名へ行く」

いうと同時に勘平は腰を上げた。

「桑名へ……今から？」

「おれが若林さまなら、仔細を記した遺書を残して桑名へ走る。すべての非を己一人の落ち度として式部さまの御前で腹を切れば、少なくとも、式部さまは大罪人とならずにすむはずだ。なぜ、もっと早う気づかなんだのか」

「まさかッ。お腹を召されるなど……」

「とやこういうておるひまはない。出立したのは昨夜か今朝か、若林さまが事を為す前にお止めしなければ」

「わたくしはなにをいたせばよいのでしょう」

「大隠居さまに洗いざらいお話しして、いかにすればお家最大の危機を乗り越えられるか、お知恵のかぎりを尽くしていただくのだ」

「わかりました。ただちに」

里和も腰を上げる。

「勘平さま。権太夫は一人ではありません。道中、くれぐれもお気をつけて」

「里和どのも。母を想うてくれるなら、なにがあってもあきらめぬことだ」

二人は目を合わせる。うなずき合って、後先に対面所をあとにした。

八

秋もたけなわになろうかという季節である。

陰暦七月は小の月、晦日《みそか》の二十九日に、里和は茶亭へ呼ばれた。

竹林のけむるような緑の中、吹き流されてきた紅や黄金が一葉二葉と降りかかるさまは春秋のない桃源郷へ迷いこんだようだ。が、木漏れ陽あふれる戸外から静謐《せいひつ》な茶亭へにじり入れば一変、いつもながら背筋が伸び、心が引きしまる。今の今まで勘平の身を案じて生きた心地すらなく、式部の容態やお家の行く末が心配で居ても立ってもいられなかった里和だが、そうした不安さえ忘れさせられてしまうほどの張りつめた気配が、この小さな空間にはあった。

「ご心労、お察しいたします」

里和は両手をつく。

「いや、ようやくの、茶を味わえる」

長継はおもいのほか機嫌が良さそうだった。というより、力がぬけたような顔である。

一昨日、桑名から式部重篤の知らせがとどいた。長継は上屋敷へ駆けつけ、昨日は終日、大書院に親族数人とこもりきりだったと聞いていたから、さぞやぴりぴりしているだろうと里和は覚悟していたのだ。

「本村町の後始末、幾重にも御礼申し上げます」

あの日、おくめの亡骸は病死ということで目黒の下屋敷へ運ばれ、茶毘《だび》に付された。麻布の瑠《る》璃《り》光《こう》寺《じ》へ埋葬することができたのは長継の配慮である。もちろん長継を動かし、桑名へ出かけている勘平に代わっていっさいを仕切ったのが里和であったのはいうまでもない。

「そなたは黒鍬の女というたが、骸《むくろ》はひとつだったそうだ」

「はい。わたくしもおどろきました。血の跡も消されていたそうですね」

声をかけてもだれも出て来ないので、近所の者たちが二階へ上がってみると、整然とした座敷の夜具の中でおくめが息絶えていたという。

「横川の母者《ははじゃ》には気の毒なことをした。が、彼奴《きゃつ》らの謀も潰えた」

「潰えた？　では、横川さまは間に合《お》うたのですか」

「いや。横川が到着したとき、若林平内は腹を切っておったそうだ。己一人で責を負おうとしたのだろう。目の前で寵臣を失って、式部は、一時、錯乱したそうだが……」

里和は声もない。そんな大事が起こったのに、なぜ、謀が潰えたなどといえるのか。長継はどうして平然としていられるのだろう。

長継は茶柄杓《ちゃびしゃく》を手に取った。茶釜の湯を茶碗にそそぐ。

「昨日、ゆかりの者たちと話し合うて、式部を廃嫡することにした。重篤で江戸へ来られぬとなれば、御囲の不始末を咎められることもあるまい」

「嗣子が無《の》うては、お家の存続は危ういのではございませんか。それこそ将軍家、ご公儀のおもうツボかと……」

長継は茶筅を取り上げ、茶を点てた。いつもはぎこちない手首の動きが今日は軽やかだ。点て終え、茶筅をトンと立てると、長継は里和を見た。

「津山森家十八万六千五百石、将軍家にお返しすることにした」

里和はあッと声をあげた。

長継は茶碗を里和の膝元へおく。

「先日、そなたの話を聞いたあと、ただちに桑名へ急報を送った。命が惜しくば江戸へ来るな、森家の名跡を守りたければ重篤になれ、と」

「なれど、それでは、お家を守ることには……」

「取り上げられる前に、こちらからくれてやったのよ。そのかわり森家の名跡だけは遺していただく。子供らの分家の安堵とわしの隠居料くらいなら、柳沢さまもご承知くださるはずじゃ」

「柳沢さま……」

「さよう。今ごろ苦笑しておられよう。この勝負、負けるが勝ち……とまではむろんいかぬが、少なくとも、大負けはせなんだ」

長継が憑《つ》き物が落ちたような顔をしているのは、そのせいだったのだ。が、実際は大変な決断である。名跡だけが残っても、領国を奪われ城を失って小禄の大名になれば、家臣やその家族の暮らしは成り立たない。

だいいち、それでは、これまで命を懸けて津山森家存続のために闘ってきた者たちは浮かぶ瀬がないではないか。里和の顔に抗議の色をみとめたようだ。

「こうするよりないのだ」と、長継はその声にわずかだが媚《こ》びるような響きをにじませた。「お上には逆らえぬ。悔しいが、それが現実だ」

「だからといって……」

「里和。よう聞け。正直なところ、御囲築造以来、当家の蓄えは底をついておる。名だたる森家が、由緒正しき森家が、家臣を養えぬ、領民を飢えさせた、とあっては恥の上塗りだ。老い先短いわしはもはや重い荷を背負えぬ。それゆえの、ここだけの話、先手を打った。お上を騙し、肩透かしを食わせてやるとは、どうじゃ、これはなかなかの冥途《めいど》の土産になったとはおもわぬか」

老人は、タガが外れたように、ホヤホヤと笑った。

「ほれ、冷めてしもうた。早う飲まぬか」

九

草雲雀《くさひばり》が涼し気な声でないていた。

男郎花《おとこえし》の白い花と女郎花《おみなえし》の黄色い花がいたわり合うように群れている。

里和と勘平は、瑠璃光寺へ墓参に来ていた。

この寺にはゆかりの墓が二基ある。二人が手を合わせている小ぶりの自然石は、昨年死去したおくめの墓だ。もうひとつ、先に香華《こうげ》をたむけた五輪塔の墓は、この七月に八十九歳で鬼籍に入った長継――わずか一年ではあったが、津山森家の隠居から備中《びっちゅう》に二万石の所領を得て森家の当主に返り咲いた老人――の墓である。

先に合掌を解いた勘平は、里和が礼拝《らいはい》を終えるのを待って、

「なにも、さように早まらずとも……」

と、この日、何度目かの非難を口にした。

「もうお許しください。ほら、髪もおろして尼姿になってしまいました」

里和は笑顔で応える。

「留守のあいだに落飾《らくしょく》してしまうとは、心ないお人だ」

桑名から津山へおもむき、若林平内の遺志を継いで式部が新たな所領に落ちつくのを見とどけた勘平は、御囲で共に働いた茅野和助《かやのわすけ》と再会、その口利きもあって赤穂浅野《あこうあさの》家で仕官の口を得

た。

赤穂へおもむく前にいったん江戸へ帰ったのは、母の墓参と、里和に求婚するためだ。ところが里和は、尼になっていた。

「わたくし、赤穂へは行かれません」

「たしかに小禄ゆえ苦労はしようが……」

「暮らしぶりのことではありません。勘平さまとごいっしょなら苦労など……」

「だったらなにゆえ」

「何度も申しました。母上さまのおそばにいたいのです。大隠居さまの墓参もしとうございますし、それに……奪いたくて奪うたわけではないにせよ、わたくしは人の命を奪うてしまいました。せめて菩提《ぼだい》を弔わねば気がすみません。むろん、そんなことで帳消しになるとはおもうてもおりませんが……」

権太夫の仲間の女の命を奪った。長継の命令とはいえ、長武の死にもかかわった。お家存亡の危機にあったときは忠義の為なら許されるような気がしていたけれど、すべてが終わってみると、自分のしたことが恐ろしくなった。

津山森家に改易の沙汰が下ったのは、昨年の八月二日である。津山城が開城となったのは十月十一日。籠城か開城かでもめる家中を鎮め、平穏に事を収めたのは長継だった。

森家は、大幅に禄を減らされて転封となったものの、二万石の大名として存続を許された。長継は高齢のため、息子の一人で式部のすぐ上の兄にあたる長直《ながなお》に家督を譲った。

とりあえずは危機を脱し、長きにわたるお家存続の戦いは幕を下ろしたが……数多の家臣が禄を失い、今もその多くが苦難を強いられている。

「あきらめぬぞ。赤穂で励み、身を立てたら迎えにくる」

「いいえ、きっとあちらで良きご縁がありますよ」

「いや、里和どの以外の女子はめとらぬ」

「聞き分けのないことを……。それより、式部さまはどうしておられますか」

「つつがのうお暮しだ。もとより野心とは無縁のお方ゆえ、将軍家の顔色を見ないですんでいっそせいせいしたと、書物を読み絵を描き、悠々自適にすごしておられる」

勘平の話に、里和はお家返上を決意したあとの長継の柔和な顔をおもいだしていた。

「大隠居さまも、最後には似たようなことを仰せでした。長い歳月、お家を守ってこられて、よほど不愉快な目にあわれたのでしょう。もうお上にふりまわされるのはごめんだとおもわれたようですよ。ですから、あのような決断を……」

勘平もうなずいた。

「将軍家や柳沢さまの鼻を明かしてやったわけだ。いいなりにはなるものか、と」

「それをいうなら、母上さまも公儀隠密を向こうにまわして……」

「うむ。母は大した女子だ」

「ええ。お独りで、自らの命をもって、お上に一矢《いっし》報いたのです」

「おれも、そう、ありたいものだ」

二人は今一度、おくめの墓に手を合わせた。

フィリリリリとやさしい虫の音につられて、どちらからともなく墓石のかたわらに目をやる。

夏の名残りを競う雑草の中で、吾亦紅《われもこう》が小さな炎を燃やしていた。

お道の塩

一

細く開けた簾戸《すど》へまとわりつくように紋白蝶《もんしろちょう》が舞っている。

姫路《ひめじ》から赤穂《あこう》へつづく街道、百目堤《ひゃくめつつみ》は、草萌え花咲き乱れて春たけなわだ。

「ご気分はいかがにございますか」

蝶を払いのけて、老臣の鼻がのぞいた。体がちぢみ鬢《びん》が白髪になっても、大ぶりの鼻は昔のまま。腰を曲げて高さを調節し、歩調を駕籠《かご》の速さに合わせながら、鼻の上の歳相応にしょぼついた目がお道《みち》の返事を待っている。

「心配は無用です。もうようなりました。あ、あの、水を……」

お道は遠慮がちにつけくわえた。

老臣は、赤穂森《もり》家の先代で昨年他界した長直《ながなお》の元家老、可児又右衛門《かにまたえもん》である。お道は長直の奥方だから遠慮はいらない。わかっていてもつい遠慮がちになってしまうのは、四十半ばまで家臣と同じ長屋でひっそりと生きてきたからだろう。つまり、大名の正室に迎えられてまだ年月が浅く、しかも迎えられたとおもったら早々に夫を喪《うしな》ってしまった。これでは大名の奥方の威厳も身につきようがない。

「手前も今、さように申し上げるところにございました」

又右衛門は顔をほころばせた。鼻をひっこめ、「おーい、止めよ」と、従者や陸尺《ろくしゃく》に命じる。

行列が止まり、駕籠が下ろされた。竹の水筒が運ばれてくるかと待っていたお道に又右衛門がうやうやしく差し出したのは、水を満たした木製の椀。

「ご覧あれ。あそこに水道井戸がございます。この水はあの井戸からたった今、汲《く》み上げたものにて」

そういえば……と、お道はおもいだした。長直はお道に、赤穂へ転封《てんぽう》となってはじめてお国入りをしたときの話をしてくれたことがある。城下のいたるところに水道が引かれていておどろいた、といっていた。

「まぁ、江戸以外にも、そのようなところがあるのですねえ」

お道が感心すると、長直は得意げな顔をしたものだ。自分の手柄ではないにせよ、住民の暮らしを第一に考える城主がいた国を引き継いだことが、よほどうれしかったのだろう。生前の長直の顔がまぶたに浮かんで、お道は胸をつまらせる。

悲しみをふりはらうように、簾戸を全開にした。道端に簡素な屋根を設《しつら》えた井戸があった。人の胴体ほどの土管が埋め込まれ、地面の下には水道管が通っているという。井戸の先には城下の家々の屋根が、その上方に見えるのは、そう、赤穂城の雄姿である。

「ようよう赤穂へたどり着きました」

感慨をこめてつぶやくと、又右衛門も感極まったように空咳をした。

「奥方さまが赤穂へお越しくださった。泉下の殿も御目をうるませておられましょう」

長直が赤穂で病みついたと聞いたとき、お道はすぐにも看病に駆けつけようとした。だが大名の奥方は人質も同然、江戸から出られない。正室になどならなければ飛んで行けたのに……。死に目にもあえず、お道は悲嘆に暮れた。とはいえ、そんな姿を見せれば長直の名を汚すだけだ。表面は平静をよそおって、娘婿《むすめむこ》である嗣子《しし》の家督相続のためにあれこれ準備をととのえ、とどこおりなく諸事万端を済ませた。それから雪解けを待って、ようやく赤穂への途についたのである。

「殿ご自慢の水道の水、心していただかなければ」

「それだけではございませんぞ。が、まずはひと口……」

うながされて水を飲む。長旅の途で口にする水は、清涼なのにえもいわれぬ香りもあって、まさに甘露《かんろ》の味わいだった。

「この井戸の水は、浅野内匠頭《あさのたくみのかみ》さまご刃傷《にんじょう》の際、江戸よりの第一報をもたらしたご浪士方も真っ先にお飲みになられたそうにございます」

「ご浪士方が……」

「早駕籠を乗り継ぎ、不眠不休にて、百五十五里をわずか四日と半日で突っ走ったそうにございます。さぞや息も絶え絶えだったかと……」

「……さようでしたか」

それでは、甘露どころか、命の水となったにちがいない。お道は椀を両手でつつみこむようにして、神妙に飲み干した。

ただの水である。が、お道にとっては——又右衛門にとっても——これはありきたりの水ではなかった。二十年前の、江戸城松の廊下で浅野内匠頭が起こした刃傷から赤穂四十七士が吉良《きら》邸へ討ち入るまでの出来事は、赤穂浅野家と同様お家取り潰しとなり、当時かろうじて西江原《にしえばら》二万石を与えられていた森家にとっても、他人事ではなかった。しかも、赤穂浪士たちの中には森家の旧臣が三人いた。長直はその事実に胸を痛め、昨年、死去するまで、浪士たちへの回向《えこう》を怠らなかった。

神崎与五郎《かんざきよごろう》、茅野和助《かやのわすけ》、横川勘平《よこがわかんぺい》——三人はなぜ、討ち入りに加わったのか。かつて主家だった津山《つやま》森家の悲劇が遠因のひとつだったのではないか。いや、遠因どころか、それこそが、三人を前代未聞の暴挙に奔《はし》らせた原因だったとも……。

生前の三人に会って話を聞く機会を得られなかったがために、長直は生涯、その謎にとり憑《つ》かれていたようである。

旅の途上、お道は又右衛門から赤穂浪士の話を聞かされた。というより、旅のあいだじゅう、又右衛門はその話ばかりしていた。長直の思い出話をしてお道の悲しみを揺り起こしたくない、という気づかいも多少はあったかもしれないが、又右衛門自身が今や三人の浪士の心の謎にとり憑かれているらしい。

実際、津山森家と赤穂浅野家のふしぎな因縁は、聞けば聞くほど、お道の好奇心をかきたてた。

津山森家が改易となったのは元禄《げんろく》十年である。このとき津山城を預かったのは赤穂浅野の本家、広島の浅野家だった。赤穂浅野家の改易はその四年後だ。津山から西江原へ転封となった森家が再度の転封で赤穂城へ入ったのは宝永《ほうえい》三年で、さらに五年後になる。

「国替えを命じられたとき、殿は茫然としておられました」

「わたくしも、のちになってからですが、そのときのお気持ちをうかがいました。とっさにこれは天命だとおもわれたそうで……。ご浪士三人のおもいに報いるためにも、赤穂を住みやすい豊かな国にしなければならぬ、と、お心に誓われたそうです」

「さようにございます。それゆえ殿は、塩づくりに心血をそそがれた。なにか、ひとつでも自分の力で成し遂げなければ、あの三人……いや、死んでいった浪士たち……いやいや、不運にみまわれた津山森家の人々にも申しわけがたたぬ、と……」

「殿はそういうお方です。こうと決めたら一歩も退かぬ」

「さようさよう。しかるに、将軍家から〈天下一の焼塩〉とお褒めをいただき、ようやく肩の荷を下ろされた。それで真っ先に奥方さまのもとへ飛んでゆかれたのでございます。再縁を承諾してくれた、と仰せられたときの、あの子供のようなよろこびようはこの又右衛門、生涯、忘れはいたしませぬ」

「いやですねえ、大仰なことを。それにしても、こんな婆さんとよりをもどさずとも、いくらでも良きご縁がありましたでしょうに」

「いいや、殿はいついかなるときも奥方さまだけを想いつづけておられました」

「おやめなされ。いい歳をしてみっともない」

又右衛門とお道は旅の途上、そんな話をした。

改易後の森家の家督を長直が相続することになったとき、糟糠《そうこう》の妻だったお道は離縁を余儀なくされた。が、長直はこのとき迎えた正室を数年後には離縁して、お道と再縁しようとした。お道が拒否したため、以後、長直は妻をもたず、ひたすら治世に邁進《まいしん》した。

ところがその結果、長直の手元に残った子供はお道が産んだ娘たちだけになってしまった。娘に婿養子を迎えて家督を継がせるという話が出たとき、お道は娘のため、森家のため、長直と再び夫婦になることを承諾した。

けれど、なによりお道の心を動かしたのは、長直の自分への変わらぬおもいである。決して足をふみいれぬと約束をさせていた長屋へ、ある日、人目もはばからず訪ねてきた長直は、抗議の声をあげようとしたお道のくちびるを一本の指でふさいだ。

「どうじゃ。焼塩だ。なめてみよ」

お道は長直の指をなめた。塩は辛かった。が、甘くもあった。お道は泣き、二人は二度目の祝《しゅう》言《げん》を挙げた。つつましく二人だけで……。

やはり、よりをもどしてよかったのだと、椀を又右衛門の手に返しながらお道は笑みを浮かべた。参勤交代があったから実質一年余りしか一緒に暮らせなかった。大名ともなれば御用繁多で、その間でさえも世間の夫婦のようなわけにはいかなかったが、今おもえば、その濃密な思い出があるからこそ、自分はこうして生きていられるのだとおもう。

「参りましょう。早《はよ》う、殿にお逢いしとうなりました」

お道は又右衛門に駕籠を出すよう命じた。右へ折れれば、長直の墓所のある花岳寺《かがくじ》である。目の前にそびえる城へ入る前に、まずは墓参をしたい……。

簾戸を閉めるや、駕籠が動きだした。あらかじめ打ち合わせがなされていたようだ。駕籠は本堂の車舎へ入って止まり、お道は丁重に座敷へ案内された。が、茶菓には見向きもせず、住職に催促して長直の墓所へ急ぐ。

墓所は境内の西南、奥まったところにあった。墓は真新しい五輪塔である。

「今一度、お逢いしとうございました。最後にひと目なりとも……」

しゃがみこんで合掌をしても、墓石に指を這《は》わせても、ただ涙があふれるばかりだ。遠巻きにしている侍女や従者はむろん、住職も又右衛門もじっと頭をたれている。

ややあって、又右衛門がそろそろと近づいてきた。

「実は、奥方さまにひと目逢《お》うて今生の別れができぬものかと殿が仰せられるゆえ、なんとか江戸へおつれしようと皆で頭を悩ませたことがございます」

又右衛門はこのとき赤穂城で長直の身のまわりの世話をしていた。

「その様子を見た殿は、ご自分が死んだら遺骸を塩漬けにして奥方さまのもとへ送るように、と仰せになられました」

お道がおどろいて目をみはると、又右衛門はすぐに片手をふって見せた。

「むろんお戯《たわむ》れにて。だれぞがさようにはからいまするとうなずくや、馬鹿者ッとお叱りになられ……」

赤穂の民人《たみひと》が汗水たらし、朝鍬、荒鍬、増鍬、さらに浜寄せ、土刎《は》ね、水揚げ、そして石釜で焼き……と、苦心惨憺して生産した塩である。ひと粒も無駄にはできない。そういって、長直は家臣を窘《たしな》めたという。

「殿らしいこと」

お道は涙をぬぐった。

「殿を見習うて、わたくしも為すべきことをしなければなりません」

お道は本堂へもどり、住職に、森家ゆかりの浪士たちの家族の消息を訊《たず》ねた。これは、赤穂へゆくと決めてから考えていたことである。

浪士四十六名は、吉良邸討ち入りのあと四班に分けられ、各々大名家へ預けられて、そこで切腹を賜《たまわ》った。遺骸は泉岳寺《せんがくじ》へ運ばれ、埋葬されている。当初は浪士の遺児たちにも遠島の沙汰が下ったが、将軍の代替わりや恩赦などあって今は処罰も取り消され、赤穂浪士の討ち入りはむしろ義挙として称賛されていた。

とはいえ、遺《のこ》された家族は働き手を喪い、難儀したはずである。江戸詰で妻子がいなかった横川勘平はともあれ、神崎与五郎や茅野和助の妻や子はどこでどうしているのか。あれからほぼ二十年、月日が経ちすぎた感はあるものの、せめて与五郎と和助の妻子にはできるかぎりのことをしてやりたいとお道はおもっていた。それが、長直の遺志に沿うことでもあるはずだ、と……。

ところが住職の答えはお道を落胆させた。

「たしかに当寺は神崎家の旦那寺になっておりましたが、ご親族は皆、津山の黒土村《くろつち》にお住まいでして……」

「義挙のために江戸へ出る前、神崎どのは赤穂の那波村《なば》で畑を耕していたとうかがいました。奥さまもいらしたと……」

津山森家の家臣だった与五郎は、お家がお取り潰しになったあと、妻を離縁して赤穂浅野家へ仕官、そこでかつという後妻をめとった。お道は前妻と懇意だったから、そのあたりの消息までは耳に入っている。

「さようにございます。なれど、おかつさまはとうに亡《の》うなられました。那波村の得乗寺《とくじょうじ》に墓がございます。弟さまもおりましたが、今はいずこにおられるやら……」

前妻の子供たちの他に子はないという。

茅野和助の妻についても、はかばかしい答えは得られなかった。

「では、お子は、早世されたのですか」

「はい。猪之吉《いのきち》と申す男児で、七つか八つのときでしたか、流行病《はやりやまい》で……。墓はこの向こうの福泉寺《ふくせんじ》にございます。奥さまは今も赤穂におられるようですが……はてさて、あちらの和尚も代替わりをしておられまして、お住まいまではご存じないかと……」

時間をもらえれば調べてみようと約束してくれたのが唯一の収穫だった。

「奥方さま。そろそろ、お城へ。皆さま、お待ちにございましょう」

又右衛門の呼びかけでお道は腰を上げる。

急いで江戸へ帰る必要はないのだ。待っているものはなにもない。ここで――長直が人生を終えたこの地、因縁の深い赤穂で――最期を迎えてもよいとお道はおもっていた。和助の妻の消息をたどる時間はいくらでもある。

「では、出立しましょう」

お道を乗せた駕籠は、総勢十余人の供を従えて赤穂城へ向かう。御成道《おなりみち》を進み、外堀を西へまわりこんで、裏手の塩屋門《しおやもん》から城内へ入った。

二

「奥方さま。お道さま」

「おや、お兼《かね》さま」

お道が赤穂城本丸内にある庭園の築山《つきやま》にたたずんで海の方角を眺めていると、池に架かる平橋を渡ってお兼がやって来た。

「またこちらにいらしたのですね」

「塩焼の煙が見とうなって……」

赤穂城へ入って十日余りが経っている。赤穂の人々は純朴で人が好《よ》い。瀬戸内の温暖な気候や長閑《のどか》な景色に、お道の悲しみは少しずつではあったがやわらいでいた。

お兼とも、到着したその日から心をかよわせている。

お兼は森家の当代、長孝《ながたか》の生母である。同時に先々代長継《ながつぐ》の七女、つまり亡き長直にとっては姉でもあった。津山森家時代に津山城で生まれ、家老の森三隆《みつたか》のもとへ嫁ぎ、改易後は西江原を経て赤穂へ移り住んだ。長孝が男児のいない長直に婿養子として迎えられて江戸へおもむいたのちも、お兼はこの赤穂城に留まっていた。重篤となった弟、長直を看取ったのが実の姉であったのは、長直にとって不幸中の幸いだったといえる。

「姉上さまがおそばにいてくださって、殿はどんなにお心強かったたか」

「わたくしも、お道さまに長孝のことをおまかせしてしまいました。おかげで家督相続の儀もとどこおりのうすませることができましたそうで、あらためて御礼申し上げます」

夫を看取ってくれた義姉と、わが子の後ろ盾となってくれた養母――お兼の方が少し年長だが、二人はひと目でうちとけ、「お兼さま」「お道さま」と呼び合う仲になっていた。

「あそこには天守ができるはずだったそうですよ。なにゆえか、あのままに」

お兼は左手の石垣へ目をやりながら、お道のとなりへ歩みよった。台座は組まれているものの、上は平地で建物はない。

「天守があれば、ご城下も塩浜も、海のかなたまで一望できますのにねえ」

「又右衛門が妙見寺《みょうけんじ》へつれていってくれると申しておりました。見晴らしがよいそうですね」

「だめだめ。又右衛門はすぐに腰が痛い足が重いと泣き言をいいますから。わたくしがおつれしますよ。八幡さま、御崎《みさき》、ご城下、いずこなりと」

まぁ、ほほほ……と、お道はおもわず忍び笑いをもらした。

「お兼さまはすっかり赤穂のお人ですね。ここで生まれ育ったような……」

「あとひと月もしてごらんなさい。お道さまもそんな気になりますよ」

そうかもしれない。まだ幾日も滞在していないのに赤穂に親しみを感じるのは、風土や人々の気質のせいだけではないようだ。

「津山におられたお兼さまと江戸育ちのわたくし……二人が共々に赤穂城で暮らしている……なにやら前世からの決め事のようにもおもえます」

お道は「天命」といった長直の言葉をおもいだしていた。

「ほんにねえ……人だけではのうて、土地にも縁というものがあるのでしょうね」

二人は話しながら平橋を渡る。

「縁といえば、津山森家と赤穂浅野家の話、殿からお聞きになられましたか」

長直のことだからお兼にも話しているだろうとおもったのだが……。

「赤穂のご浪士方の中に津山森家の家臣だった者たちがいた、ということならうかがいました。でもここにはご浪士方のご縁者が大勢おられますからね。不用意に昔の話はなさらぬよう、気をつけていらしたようですよ」

「さようでしたか……。殿はご浪士方のご回向にお心をくだいておられたと……」

「それはむろん。そうそう、福泉寺という寺に、どなたか、ご浪士の遺児の墓があると耳にされ、お国入りしたばかりのあわただしいときでしたが飛んで行かれたことがありました。その子は亡うなってからまだひと月ほどしか経っていなかったそうで、もう少し早う赤穂へ来ていれば救う手だてがあったかもしれぬとたいそう悔やんでおられました」

茅野和助の遺児、猪之吉だ。長直の落胆が、お道には目に見えるようだった。

「その子の母親について、なにか仰せになっていませんでしたか」

「いいえ、なにも……」といったところで、お兼は思い出し笑いをした。「そういえば、面白い女性《にょしょう》がいるのですよ。そのお人もご浪士のお身内だそうで……」

「面白い女性……」

「ええ。塩浜の近くに小屋をたてて、塩田で働く女子供に学問を教えているのです。はじめは浜《はま》子《こ》に学問は不要だとだれも集まらなかったそうですが、いつのまにか人が増えて、今では小屋に入りきらぬほどだとか……」

「まぁ、寺子屋の女師匠というわけですね」

「むろん手習いも教えるそうですが、その女性は山鹿素行《やまがそこう》の孫弟子を勝手に名乗っているとやら、志気・清廉・正直など士道をわかりやすく教えるのだそうです」

山鹿素行は儒学者で、山鹿流軍学の創設者として知られている。お道が子供のころに亡くなっているからお道は名前くらいしか知らなかったが、一時期、幕府ににらまれて赤穂浅野家に身柄を預けられていたこと、この赤穂では皆から慕われ崇められていたことを、ここへ来て教えられた。大石内蔵助《おおいしくらのすけ》以下吉良邸へ討ち入った浪士たちの心の礎《いしずえ》になっていたのが、この山鹿の説いた士道だとか。実際、ここでは、だれもがまるで自分の恩師の話をするように、誇らしげに山鹿の名を口にする。

「めずらしゅうございますね。女の儒学者とは……」

お道はにわかに興味を覚えた。

「伊登《いと》どのと申されるそうで……きっと父親が山鹿素行のお弟子だったのでしょう」

「ぜひ一度、お会いしてみとうございます」

「わたくしも。では近々に訪ねてみましょう。いずれにしましても、お道さまをおつれするならまずは塩浜に、とおもうておりました」

「殿も仰せでしたよ、赤穂といえば塩だと」

「ええ。お道さまもさっき、塩焼の煙をごらんになるのがお好きだといわれましたでしょう。東の塩浜だけでなく、近ごろは西にも塩浜ができはじめて……。見渡すかぎりの塩田と塩釜、大坂へ塩を送る塩問屋の豪壮な屋敷も山ほどあります」

赤穂城主となった長直は、お道と復縁する前、〈塩に賭けて女を断った殿さま〉と揶揄されるほど塩づくりに邁進した。

殿はなぜ、あれほどまでに、塩に執心されたのか――。

お道はふっとおもった。

津山森家の改易、最愛の妻との離縁、多大な借財を抱えて望みもしない当主の座につかざるをえなかった長直は、当惑し、気弱にもなっていたはずだ。そこへ、あの刃傷、討ち入り、切腹。森家の旧臣だった赤穂浅野家の三人の浪士たちになんとかしてゆかりの饅頭をとどけようとした滑稽ながらも涙ぐましい奮闘ぶりは、お道の胸に深く刻まれている。

長直は、奇遇にも、赤穂城主となった。お国入りをして赤穂の人々が塩づくりに励む姿を目の当たりにした。女子供までが浜子となって何千という人々が塩田で鍬をつかう光景は、さぞや壮観だったにちがいない。

自分が為すべきは、保身や野望のために騙し合い貶め合うことではない。見よ、きらめく塩田を……。豊かさとは、物をつくりだす力、たゆまぬ労働、あきらめぬ心——。

長直は、精魂込めて、日の本一の塩をつくった。そして真っ先に将軍家へ献上した……。

お兼は足を止めて、海のかなたを眺めている。

お道も、南東の空を見上げた。

あわあわとした春光に、幾筋かの白い煙がとけこんでゆく。

舌の先に長直の指の甘辛い味がよみがえるのを感じながら、お道は、憑き物が落ちたように、玲瓏《れいろう》とした声音でつぶやいた。

「殿はそう、討ち入りをなさったのです、塩で」

〈主な参考資料〉

『清和源氏　赤穂　森家』　三谷百々　赤穂市文化振興財団
『岡山の自然と文化　21　――郷土文化講座から――』　岡山県郷土文化財団
「津山城引渡し」　津山郷土博物館主査　尾島治
『元禄お犬様始末記』　竹田直　東京都中野区立中野図書館所蔵
『藩史大事典　第6巻　中国・四国編』　木村礎・藤野保・村上直　編　雄山閣
『江戸幕藩大名家事典　中巻』　小川恭一　編著　原書房
『第二期　物語藩史　第五巻』　児玉幸多・北島正元　編　新人物往来社
『赤穂の民俗　その七　――加里屋・上仮屋編――』　赤穂市文化財調査報告書21
(「ふるさと文化」シリーズ第10集)　赤穂民俗研究会　編　赤穂市教育委員会
「赤穂の焼塩」(一)(二)　三谷百々
『赤穂義士実纂』　斎藤茂　編著　赤穂義士実纂頒布会
『赤穂市史　第二巻』　赤穂市史編さん専門委員　兵庫県赤穂市
『忠臣蔵四十七義士全名鑑　完全版』　財団法人中央義士会　監修　小池書院
『実証　義士銘々伝』　赤穂大石神社宮司　飯尾義明　赤穂大石神社社務所
『赤穂の文化　研究紀要　第八号』　公益財団法人赤穂市文化とみどり財団
「相生市・明顕寺所蔵神崎与五郎関係史料」　小野真一

〈献辞〉

本書の執筆につきましては、津山郷土博物館学芸員の小島徹さま、赤穂市教育委員会市史編さん担当の小野真一さま、赤穂市建設経済部産業観光課長の末井善生さまにご協力をいただきました。謹んで御礼申し上げます。

〈初出〉

長直の饅頭……書き下ろし
与五郎の妻……「小説現代」二〇一七年一月号
和助の恋……「小説現代」二〇一七年八月号
里和と勘平……「小説現代」二〇一七年九月号
お道の塩……書き下ろし

諸田玲子（もろた・れいこ）

1954年静岡県生まれ。上智大学文学部英文科卒業後、外資系企業勤務。1996年『眩惑』でデビュー。2003年『其の一日』で第24回吉川英治文学新人賞、2007年『奸婦にあらず』で第26回新田次郎文学賞、2012年『四十八人目の忠臣』で第１回歴史時代作家クラブ賞作品賞を受賞。「お鳥見女房」シリーズ、「あくじゃれ瓢六」シリーズなど長期人気シリーズも多数。著作も『王朝小遊記』『日月めぐる』『ともえ』『お順　勝海舟の妹と五人の男』『帰蝶』『今ひとたびの、和泉式部』など多数。

森家《もりけ》の討《う》ち入《い》り

第一刷発行　二〇一七年十二月六日

著　者　諸《もろ》田《た》玲《れい》子《こ》

発行者　鈴木　哲

発行所　株式会社　講談社

〒112-8001東京都文京区音羽二―一二―二一

電話　編集　〇三―五三九五―三五〇五

販売　〇三―五三九五―五八一七

業務　〇三―五三九五―三六一五

印刷所　豊国印刷株式会社

製本所　黒柳製本株式会社

定価はカバーに表示してあります。

Printed in Japan　ISBN978-4-06-220884-0

N.D.C. 913　222p　20cm